前向き!・タイモン

hey Timon,

Let's think positive!

矢内原美邦

Yanaihara Mikuni

白水社

前向き!・タイモン

hey Timon, Let's think positive!

目次

前向き！・タイモン

登場人物

タイモンユウジ＝上流階級の引きこもり
メイド＝タイモンのメイド
農民＝リンゴ農園の人
その他に……
詩人、画家、経済学者、哲学者
メイド達＝タイモンのお屋敷で働くメイド達
農民達＝共にリンゴの農園でリンゴを育てている農民の仲間
ニュースキャスター

1秒の戯曲——この戯曲は1秒の物語です。
シーンは1・0から始まり、2・0の1秒で終わる。

シーン1・0

照明フェードイン。

セットは白い大きな机が二つ。舞台中央に置かれている。

セットの机には、マトリョーシカのように、いくつか小さな箱が組み込まれている。

芝居のなかでそれらは分解され、小さな箱がスクリーンになったり椅子になったり部屋の間仕切りになったりする。

机の横に、小さな椅子が一つ。それ以外は何もない、小さな空間。

タイモンは椅子の上に足をのせて、右手に電話を持っている。

電話相手の誰かに向かって大きな声で叫んでいる。

タイモン　「待ってるよ、待ってるからね」

電話を切り、舞台中央にある机をドラムのように叩き、リズムをとりながら歌いはじめるタイモン。

タイモン　「（歌っている）♪真っ赤なお鼻のトナカイさんは♪　……聞こえないのか？　この音楽、この音楽を消して下さい！」

音楽。舞台セットに組まれているモニターから〝ジジ〟とかすかに音が聞こえる。

タイモン　「このノイズを……！」

モニターからかすかに聞こえていた〝ジジ〟というノイズをかき消す大きな声で、タイモンが観客に向かって、手で漢字を大きく書きながら、

タイモン　「名字はタイモン。大きいに門と書いてタイモンといいます。名前はユウジです。祐天寺の「ユウ！」、もしくは石原裕次郎の「ユウ！」とツカサと書いて、『ユウジ』

です」

祐司か裕司か、もしくはユウジなのか？　は、観客の判断にゆだねる。なぜなら、この後に出てくる、良いタイモン／悪いタイモン／普通のタイモンが、本人のなかに存在し、祐司／裕司／カタカナのユウジが、複雑にからみあっているためである。
タイモンユウジは、困惑気味に自己紹介を行なっている。

タイモン　「そう、タイモンカンパニーの御曹司です。祖父が死んで会社を継いで社長でした！」

良いタイモン、悪いタイモン、普通のタイモンは、台詞のなかで次々と変わってゆく。その変化は極めて素早く行なわれる。
＊以下、良いタイモン↓（良い）／悪いタイモン↓（悪い）／普通のタイモン↓（普通）と記す。

タイモン　「（普通）失業者を出さないようにいろいろ駆けずり回っていただろう？　（悪い）うる

さいなぁ！（普通）でも駆けずり回るといってもネットの中でなんですけど……（良い）何でもここで、この部屋で？（普通）この部屋に住んでもう30年……（良い）いやもっと経っただろう。（良い）退屈はしませんか？（悪い）退屈なんてしないよ、いつも1人だけど退屈なんてしないよ。（良い）1人でも？　退屈しないんだ。（普通）……しないよ、待ってるから。（悪い）おまえいつまで待ってんだよ。（普通）あれ？今、誰か質問したように聞こえませんでしたか？　そう、俺はいつのまにか3人の自分を飼っていて、1人は悪いタイモンユウジ、もう1人は良いタイモンユウジ、もう1人は今のタイモンユウジ、つまり普通。……聞いていることが多いのに、今回は少し喋り過ぎたかな？　ほら！　また質問が！　これは良い方のタイモンユウジの質問かな？　悪い方の？」

シーン1・11

タイモン、突如早口でシンデレラの説明を始める。

＊このシーンのみ、便宜上「良いタイモン！」「悪いタイモン！」「普通のタイモン！」という風に台詞を分けて記述する——落語のようなイメージで。良いタイモンも悪いタイモンも普通のタイモンに向けて話しかけているが、途中から混沌としていく。台詞は極めて高速で。

良いタイモン　「（普通のタイモンに向かって）シンデレラになりたいって思ったことない?!」

普通のタイモン　「ないよ！」

悪いタイモン　「（普通のタイモンに向かって）でも、まず、おまえ人間じゃないし。人間になりたいって思ったことある?!」
良いタイモン「いくらなんでも言い過ぎだよ！」
悪いタイモン「そう？　よくわからない?!」
良いタイモン「わからない！　なんでシンデレラって憧れだよ！」
悪いタイモン「シンデレラに会いたいのか?!」
良いタイモン「なんだ、そのシンデレラ知らないのか?!」
悪いタイモン「知らないよ！」
良いタイモン「シンデレラ知らないの？　シンデレラのお話？　知らないの？　じゃ、話してあげる！　簡単にシンデレラの話！」

タイモン、ダンスをしながら、シンデレラの物語をかいつまんで話し始める。

悪いタイモン「まあ、あんたは、なんてかわいくない娘でしょう！」
良いタイモン「本当はかわいいのに、よし！　よし！　みんなでつらい仕事をシンデレラに押しつけましょう」
良いタイモン「私も、舞踏会に行きたいわ!!」

悪いタイモン「泣くのはおよし！　シンデレラ」
普通のタイモン「……？　誰?!」
悪いタイモン「シンデレラ、おまえはいつもいい子ですね。ご褒美に、舞踏会へ行かせてあげましょう。まず、畑でカボチャを取っておいで」
良いタイモン「まあ、立派な馬車。ステキ！　……まだまだ！　魔法はこれからよ。さてと、馬車を引くには馬が必要ね。その馬は、どこにいるのかしら……。ああ、ネズミとりには、ハツカネズミが六匹ね！」
悪いタイモン「このネズミは……」
良いタイモン「シンデレラ！　次はトカゲを六匹集めておくれ」
普通のタイモン「はい」
悪いタイモン「ほらね！　馬車に、白馬に、御者に、お供。さあシンデレラ。これで舞踏会に行く支度ができましたよ」
良いタイモン「うれしい。ありがとう。……でも、こんなドレスじゃ！」
悪いタイモン「うん？　そうね、忘れていたわ！」
良いタイモン「楽しんでおいで、シンデレラ。でも、わたしの魔法は十二時までしか続かないの。決してそれを忘れないでね！」

普通のタイモン「はい、行ってきます！」

悪いタイモン「僕と、踊っていただけませんか?!」

良いタイモン「あっ、いけない。……おやすみなさい、王子さま！」

悪いタイモン「僕は、このガラスの靴の持ち主と結婚する」

良いタイモン「足が入れば、王子さまのお嫁さんよ！　私も履いてみていいでしょうか?!」

悪いタイモン「なにをバカなことを言っているの？　あたしたちにも入らないのにあんたなんかに……あっ!!」

良いタイモン「あらあら、わたしの出番ね」

悪いタイモン「王子と結婚して、いつまでも幸せに暮らしました！」

シンデレラの話を終えると共にダンスも終わる。

＊以下、悪いタイモンは（悪い）、良いタイモンは（良い）、普通のタイモンは（普通）と記述する。台詞前に記述がないものは普通のタイモンとする。

タイモン「……かいつまんで話したけど、本当にシンデレラは幸せだったのかな？（悪い）それはよくわからない。たぶん他の人が決めることで……よくわからない。（良い）でも、憧れって大事だよ。そう、憧れって、大事だと思うよ。（普通）タイモンとの対話はこうやって過ぎて行く。一人で喋り続けているといつもあの言葉を思い出す。……好きなほうを訪ねてごらん。どちらもキチガイさ！　でもその時思う……『キチガイのところには俺は行きたくない‼』って。でも（地団駄を踏みながら）こう言われるよ。『あー仕方がないさ。このあたりにいる人はみんなキチガイ！　俺もキチガイ、キミもキチガイ！』『どうして、どうして俺がキチガイってわかるの?!』って祖父に聞くと、『キチガイに決まっている。でなきゃこんなところに来るはずがない！』って」

タイモン、劇場を見渡し、お客さんをただ見つめる。

長い沈黙。

タイモン

「（普通）いつもそう言われてた。でなきゃ、こんなところに来るはずもない。どうしてこんなところに来たんだ。わからないよ。いつの間にか人と顔を合わせるのが嫌になっていて、もう誰も、誰も信じることができなくなっていて……（悪い）そうやって誰でも信じるからいつも騙されるんだよ！（良い）なんで信じてもいいでしょう（悪い）だから騙されるんだって（良い）信じてみたほうが（悪い）だからいつも一人なんだよ（良い）一人じゃないよ（悪い）一人だろうがよ、えっ！」

シーン1・12

メイド、中央にある机の裏から突然出て来てタイモンに向かって話しかける。

メイド「また始まりましたか？　あれ？　じゃ、終わったんですか？　いつもこう、なんか１人で、いろいろ会話して１人で完結するじゃないですか？　だから始まって、終わるんだと思っていたんですけどね」

タイモンはメイドを見ているが、メイドがタイモンをみると目線をそらしブツブツと喋りはじめる。机の引き出しから銃を出し、今にも自殺するのではないかというそぶり。

タイモン　「簡単に言うと、まぁ始まってもいないし、終わってもいない。でもさぁ、また始まるんだったら、続いてるから終わりではないよね。（普通）（タイモンが右手に持っていた銃を奪い取るメイドに）あっ!!」

メイド　「なに?!」

メイド、タイモンを撃つ。バン、バンと右側の肩と左側の足くるぶしに向かって。まるで本当に撃たれたようにうずくまるタイモン。

メイド　「悪いタイモンは左、良いタイモンは右！　普通のタイモンさんだけになって!!」

タイモン、起き上がりメイドの銃を奪う。

タイモン　「はい。これ、いいクオリティーでできてる（良い）（銃を見ながら）」

メイド、タイモンが持つ銃を取り返して、

タイモン 「あっ（取られた銃を見ながら良いタイモンから悪いタイモンに変わる）」

メイド 「（銃を掲げ）おもちゃですから、ありがとうございます！」

メイド、おもちゃの銃をセットの机の引き出しにしまう。
悪いタイモン、引き出しにおもちゃの銃をしまうメイドを見て殺そうとたくらむが、普通のタイモンにもどってしまう。

タイモン 「……（普通）ねぇ、シンデレラになりたいと思ったことはない？（悪い）でも、まずおまえ人じゃないし！（普通）人になりたいと思ったことある?!」

メイド 「ありがとうございます。（タイモンから目線をはずして、タイモンに聞こえないように遠く離れた場所まで走り）いくらなんでも言い過ぎでしょう！ 人でしょう！ 人だし、私が人じゃなかったら、どんな風な人が人になるのか、こっちが聞きたいくらいよ。（舞台中央にタイモンは戻り、タイモンを見て）……なんでそんな風になっちゃったんでしょうね？　まったくわからない？　……ありがとうございます!!」

タイモン　「(普通) そう？　よくわからない？　わからない？　なんでシンデレラって憧れだよ、シンデレラ知らないのか？　……本当に幸せだったのかな？　(良い) 幸せだったに決まってる!!」

メイド　「話して下さりありがとうございます。(また舞台端に走り、タイモンに聞こえないように) ……シンデレラって、誰かが自分を幸せにしてくれるみたいな感じがどうも信用ならないんですよね。誰かが自分を幸せにしてくれることよりも、自分が誰かを幸せにして、しかも自由な感じを大事にするほうが今っぽくって憧れですけどね。シンデレラに憧れる人の話なんて今時聞いたことないけどなぁ。(タイモンの所に戻ってきて) でも憧れって大事ですよね。憧れって、大事だとは思いますよ！　ありがとうございまーす!!」

タイモン　「(普通) 散歩に行くよ」

メイド　「雨が降ってるのに?!」

タイモン　「(普通) 雨がね、降ってるから、(良い) 散歩に行くんだよ！」

メイド　「なんで雨が」

タイモン、悪いタイモンになる。
メイド、タイモンに一瞬叩かれそうになるので、それをよける。
タイモンは悪いタイモンのまま変更しない。
悪いタイモン、メイドの髪を持って舞台を下手から上手にひきずりまわす。
メイド、タイモンにひきずられながら

メイド　「ごめんなさい、ごめんなさい！」

悪いタイモン、不意に良いタイモンにもどって、何事もなかったように、

タイモン　「（良い）傘をお願いしてもいい?!」
メイド　「下のほうの人が、傘もささずにうろうろしてますよ」

悪いタイモンに変化し、メイドの髪を持って引きずり回す。
舞台の前を横切る。

メイド　「ごめんなさい、ごめんなさい！」

悪いタイモンはメイドを殴ろうとするが、突然良いタイモンになって笑う。
メイド、何ともいえない表情。屋敷の窓から外を見る。

シーン1・13

屋敷の外、雨が降っている。
農民が、机の下から突然、這って登場する（セットの机の下部には扉がついている）。
机の下に潜んでいた農民は扉を開けて、雨の中で空を見上げながら。

農民　「どうなってんだよ！　いったいどうなってんだよ!!」

農民、身体の半分は机の下に収まったままだ。上半身だけが扉から出ている状態。

屋敷の中、メイドは窓から農民の姿を見つける。

メイド　「ほら出て来た！　下の方から、下の方の農民が！」
タイモン　「(普通)……散歩に行くよ」

メイドは傘を広げないままタイモンに手渡す。

タイモンは悪いタイモンになり、普通傘は開いてから渡すでしょう？　とアクションでメイドに伝える。

メイドはそれに気づき、傘を開き、再びタイモンに渡す。

タイモン、屋敷の外に出て、雨の降るなかをゆっくり歩きはじめる。

シーン1・14

屋敷の外。

屋敷の中と外は、照明やセットによって臨機応変に区切られるだろう。

雨降る街のなか、空に向かってぶつぶつと小言を言う農民。

農民　「……毎日毎日雨降ってておかしいよ、しかもしばらく続く異常気象だなんて。本当にこのまま地球はどうにかなっちまうんじゃねえかなぁ？　こんなに毎日雨だったら育つもんも育ちゃしないよ。……昨日の集会で仲間に聞いたんですよ、僕。『そっちには組合から連絡あったか?!』……『ありましたよ』って。『組合の方にもリンゴをまわしてくれ！』って。『規格外でもいい！』っていうんだ。『高く買い取る』って仲間が言うんですよ！　『それで？　どうした?!』と聞き返すと、『考えておきます！』って仲間が言うんだよ！　何言ってんだよ！　なんだあ？　考えておきますぅ？　『だって悪い条件じゃないじゃないですか。うちだって苦しいですよ!!』って、ふざけるな！　組合の犬かあ、おまえは！　先月の大雨でおまえんとこの山が崩れた時、あいつらがなにしてくれた？　何もしてくれてないよなぁ？　去年の収穫の時だって厳しい生産調整かけられて……金貸してくれっていってきたのはどこのどいつだ？　おまえ達だろう？　俺は当然断ったよ。今さら何言ってやがるんだ。これまでさんざん俺たちリンゴ農園の首を締め付けるだけ締め付けておいて、いざリンゴがなくなったらこれだよ。手の裏返すようにペコペコと頭下げやがる。『おまえんとこも断ったんだろうな?!』そう聞くと『うちにはまだ連絡ないんです。でもいずれくると思うんですけど、どうしようかなあ？　やっぱり長いものには巻かれるしかないんじゃないでしょうか?!』……仲間が言うんで一瞬思ったけど、こう、言い返してやりましたよ！『さんざん虐げられてきたっていうのに、おまえらにはプライドがないのか？　リンゴ農家として誇りがないのか?!』って思うわけ、『そんなこと言ったって、組合に買ってもらわなかったらどうすればいいんですか？　この仕事辞めるわけにもいかないし！　そうしたら、あいつらみかんだったらいけるんじゃないかな?!』とか言うわけ。……無理ですよ！　リンゴしかない！　そうだ！　俺たちにはリンゴしかないんだ!!」

雨のなか、傘をさして歩いているタイモンと出会う農民。

タイモン　「（普通）濡れてるよ！」

農民、タイモンに気がつき、

農　民　「……雨ですね。またしばらくは雨ですよ。いままではあんなに晴れていたのに……そろそろ僕は行こうと思いますけど、濡れないうちに」

タイモン　「（普通）濡れてるよ！」

農　民　「町が水に沈んでしまう前に行こうと。やっぱり待ちますか？　雨が止むまで待ちますか？　このままずっと降り続けるかもしれないなあ。この雨はあの街を壊すと思いますか？　わかりませんか？　わかりませんか？　あなたのような立派に見える人でもわかりませんか？　確かに、予測はできてもそうなるとは限りませんから。どうなるかは……そうでしょうね、未来は変えられても過去までは変えられないから、このまま降り続けばの話ですから、それでもやっぱり待ちますか？　止まない雨が止むのを待ちますか⁈」

タイモン　「(普通) 待ちますよ！」
農　民　「何で?!」
タイモン　「(普通) 濡れるのはまっぴらごめんだからね。よく西洋人は雨が降っているのに傘もささないで歩いているでしょう。あれはよくない！　私のこと忘れないでといった彼女のことを忘れてしまったと同じくらい失礼ですよね。雨に対して」

農民はもちろん傘もささないで、雨に濡れている。

農　民　「まぁ、武将的に言うと……いつ攻撃されるかわからないから隙を見せないように傘をささないようですよ、傘をさしたら隙ができるんですよ。まぁ、片手が使えなくなるわけですから！」
タイモン　「(普通) 隙なんてできないよ！」
農　民　「……傘なんて持ってないんだよ!!」

農民、傘をくれるのか？　という目でタイモンを見ている。

タイモン　「（普通）けど、私は濡れるのはちょっと」

農民、タイモンが傘を恵んでくれないということがわかり、少しキレぎみで言う。

農　民　「じゃあ、止むか？　止まないか？　わからない雨を傘をさして待てばいいんじゃないでしょうかね。あっつつ！（突然客席の方向に農民の仲間を見つけたらしい）あっ、あそこにいるのはファッションファーマーの柴田さんじゃないですか（農民に気がつかないで農民仲間の柴田さんはどうやら行ってしまったようだ）……あれ集会にでも行くのかな？　待って！　待ってよ！　待ってよ!!（走るが農民仲間の柴田さんには追いつかなかったらしく）……いつも追いつかないんだよ！（農民一人雨にうたれながら）……！」

タイモン、雨に濡れている農民を傘をさして見ている。

タイモン　「（普通）濡れてるよ！」

農　民　「こうしてこらえきれないいくつかの時間があって、もう待たされることに慣れてしまったと思うくらい待っていればいいのではないでしょうか？　こうしていくつかの雨の夜を過ごして、いつかそれが夢だったと気付かされる。夢だと気付くとこれで何度目かの夢だったろうかと数え始めるんだけど、100まで数えて、もうどうでもよくなって、いつのまにか寝てしまって、また同じ夢を見る。繰り返し同じ夢を見てると、もうそれが本当に夢なのかあやしくなってくる。私はいつ起きて、いつ寝てるのかさえわかなくなって、これは現実かな？　夢かな？　それともいつかの思い出かな？　いや、もしかしたらこれから起こるずっと未来の予言かな?!」

農民、ブツブツと言いながらまた雨のなかを歩く。
タイモン、傘をさしながら雨のなかを歩く。

タイモン

「(普通)ユリさんはホントによくしゃべる子だったけど、生きてる間にホントに喋らなきゃならないのは、どれくらいかな？　それほど多くはないだろうね。だからって黙っていては……と思うよ。(良い)黙っていたら何かを失ってしまうような気がしてならないんだ？　(普通)でも、いつだって何かを失ってるくらいのほうが、人間は幸せなんじゃないかな？　……(良い)最近そんなふうに思うんだ！」

農民、遠くに傘をさすタイモンを見て、タイモンに駆け寄る。

農　民　「……やっぱりそろそろ行こうと思います！」

タイモン　「（普通）そんなに急いでどこに行くんだ？　時間はいくらだってあるんだよ。（悪い）待ってる人は待たせておけばいいんだよ！　別に何かを待ってるわけじゃないんだからさぁ（普通）……どこに行くんだよ!!」

農　民　「集会ですよ」

タイモン　「（普通）なんだ？　集会って?!」

農　民　「話し合いですよ」

タイモン　「（普通）何を話し合うんだ?!」

農　民　「多数決をとって、これがいいのか、これで大丈夫なのか?!」

タイモン　「何を話しあうんだ？　話しあう必要なんてあるのか？（その場を立ち去ろうとする農民を見て悪いタイモンが、農民に向かって叫ぶ）民主主義かぁ！」

農民、民主主義の意味は理解してないが、自分に悪意を持って叫んだタイモンのことは理解し、言い返す。

農　民　「……遅れるのは嫌なんだよ！　集会だよ、集会では多数決をとるんだよ、例えば、賛成が8、反対が2だとするでしょ？　じゃあ、8で！　と決めてしまうのが必ずしも平等ではないでしょ？　賛成に2、反対に8をそれぞれ与えて、お互い10にすれば平等じゃないのかなって……。最近ぼくはそんなふうに思うんですよね」

タイモン、特になにも農民の話を聞いてないが、その場に農民が留まっていることがうれしいらしくご機嫌で、空を見上げながら言う。

タイモン　「（普通）やっぱり止まないねえ。雨」
農　民　「止みませんね、いつかは止むと思うんですけど！」
タイモン　「（普通）ほら、ぼくの踝まで水に浸かってきましたよ。ああ、あれだな。このまま水に浸かって流されていくんだな」

農民、タイモンの話は聞かないで、集会所に向かってぐんぐんと歩き始める。

農　民「……だいたい、どいつもこいつもリンゴの素晴らしさを知らないんだ。なくなってはじめて気づいたってことか？　このまま俺たちがリンゴを組合のほうに回さなかったら、日本中からリンゴがなくなってしまうだろう。ざまあみろだ！　もう食べたい！　といっても食べれないぞ！『あれ？　それじゃあ、売りたいと言っても、売れないってことですか？　それは困ります。やっぱりみかんに乗り換えますか⁈』って仲間が言うんですよ‼」

タイモン良いタイモンとなり、農民の困っている姿を見て、

タイモン「（良い）リンゴ買ってあげましょうか？　困っているんでしょう⁈」
農　民「本当ですか？　本当に⁉⁈」
タイモン「（良い）ええ、買い付けてあげますよ。（普通／携帯電話に向かって）リンゴを買い付けてくれる。すべてのリンゴを買い付けてよ！　……何故って、なんとなく。人助けだよ！」

タイモンと握手をして別れる農民。

タイモン

残されたタイモンはブツブツと3人のタイモンと話をしている。

「(普通) そんなことしていいのかな? (悪い) いいにきまっているじゃないか! なんでダメなんだよ、俺が買い付けるって言ったら買うんだよ! (普通) なんでも独り占めするのはよくないよ (悪い) なんだと、この (良い) やめてよ、人助けだからさぁ (普通) あぁ、もう!」

タイモン、傘を持ったままその場を去る。

シーン1・15

屋敷の中に戻り、メイドに傘をわたすタイモン。

農民

農民、外で雨に打たれながら集会を行なっている。
集会場所にて、そこにいるであろう農民1、2、3、4に向かって。

「いいかおまえらよく聞け！　心配するな。いい話があるんだ。うちらのリンゴをすべて買い取ってくれるという人がね。そうだよ、しかも組合みたいにケチなことは一切言わない。規格外も生産調整もなし！　獲れたリンゴはすべて買い取ってくれるんだ。しかも驚くような高価で！　……『そんなうまい話があるでしょうか?!』と、みんなが疑ってるわけ？　でも、ここでおまえらに言ってやるさ、『あるんだよ。うまい話はどこにだってあるんだよ！』『いったいその人の目的はなんですか？　そんなにリンゴを買いしめてどうすんですか?!』ってまた疑ってるわけ？　言ってやるよ、この俺が！　『そんなことはこっちには関係ないんだ。お金をいただければそれでいいじゃないか！　もうこれからはみんなスーパーや八百屋なんかではリンゴを買えなくなるぞ。復讐だよ、これは。これまでさんざん俺たちを苦しめてきた組合への！　そしてリンゴのありがたみもしらずに食い散らかしてきた、全国民への復讐だよ！　ハッハッハッ！　ハーハッハッハッハ!!』」

シーン１・１６

屋敷の中。

メイド、携帯画面を見ながら、

メイド　「あっ書かれてる！　ここ、ここ、見てみて下さい」

タイモン、メイドの携帯を覗き込み、そこに書かれているニュースを読む。

タイモン　「本当だ！」

メイド、屋敷にあるテレビをつける。

ニュースキャスターが喋る。

ニュースキャスター　「東北地方一帯のリンゴ農園が消費者金融会社タイモン・カンパニーによって買収されたと青森リンゴ農園共同組合が報告しました。買収率は90％を越え、市場からもリンゴがその姿を消しております。ではここでリンゴ農園の人のインタビューを聞いてみましょう」

舞台手前、外。
農民、インタビューに答えている。

農民　「はっきりいって儲かっちゃってますよ。だってほんのちょっと前までは1キロ千円くらいだったのに、いや千円でも数年前に比べたら、相当いい値なんですよ。でも、今日の競りじゃあ、1万円超えちゃったもんね。10倍だよ。笑っちゃうよ。あー、笑いが止まんない！」

屋敷の中。

メイド　「タイモンカンパニーからの発表はまだありませんが……って、なんで発表しないんですか?!」
タイモン　「人助けのためだからね」
メイド　「様々な憶測が飛び交っていますって、えー悪いように言われてますけど！」

メイドの見ていたテレビを投げる悪いタイモン。

タイモン　「(悪い）いいんだよ！　あっ、なにか？　俺がやることをいちいち報告しないといけないわけかぁ、ええっ!?!」

タイモン、テレビを踏みつける。
踏みつけられたテレビを取り返し、壊れてないか確かめるメイド。

メイド　「そうですかあ！　そうですね。３ヶ月前まで１キロ千円だったリンゴが現在１万円を突破、すごいですね。(テレビのスイッチが入る）ついた!!」

舞台手前、外。

テレビインタビューに答えているリンゴ農園の人。

農民　「そりゃあ、うちら農家にとったら手塩にかけて育てたリンゴだからねえ、1キロ1万って言ったって、驚かないよお。何言ってんの？　でも、あれじゃない？　あと1ヶ月もすりゃあ十万とかいっちゃうんじゃないの？　冗談じゃないよお、でもこれ、冗談じゃないからねえ。ホントだよお。十万だよお。みかん、何個買えると思ってんのさあ、あんた。1キロ十万のリンゴ、あんた買う？　ねえ？　買わないでしょ？　でも買う人がいるんだよねえ、世の中には。だからそんだけの値がつくんだもん。当たり前だよ！」

舞台中、屋敷の中。

ニュースが流れ、ニューススキャスターが喋る。

ニュースキャスター　「リンゴの生産状況に関係があるのではないかと言われておりますが、現在東北地方一帯でこのマメコバチが異常発生しているそうです！」

メイド　「えー東北地方一帯でこのマメコバチが異常発生しているそうですよ!!」

タイモン　「(普通) なんで？　どのせいで、ですか?!」

メイド　「リンゴ買い付けたせいですよ！」

タイモン　「(悪い) 何でも俺のせいか？　ええええええ??!」

メイド、テレビが投げられないように押さえる。

舞台上のモニターにニュースが流れ、ニュースキャスターが再び喋る。

ニュースキャスター　「リンゴの受粉の際に用いられるハチがマメコバチで、リンゴ農家にとっては大変貴重なハチですよね。最近のリンゴ不足の影響でハチが増えて、住宅地にまで被害が出て長雨が続いてることについてリンゴ農園の方々はどう思ってらっしゃいますか?!」

舞台手前、外。

インタビューに答えるリンゴ農園の人。

農民

「昔みたいにたくさん作んなくていいの。リンゴ。ちょっとで。だからかな。マメコバチも仕事なくなっちゃって。そんでヒマだから？　増えちゃって。だって、気づいたら増えてたんだもん。知らないよ。でもちっさいハチだから、刺されたって死なないよ。また大げさ言って。やだなあ。別に害はないでしょ？　なんかそのせいで、生態系が壊れて、いずれは異常気象を引き起こすんじゃないかって、バカなこと言ってるヤツがいるみたいだけどさあ。いいじゃん、たかがハチなんだから。いっぱいいたって。自然だよお。好きでしょ？　環境がどうの、自然がどうのって。好きでしょお？　ハチがいっぱいで、ハチが幸せならそれでいいじゃない。バカ言わないでよお、ハチのせいで大雨なんて、馬鹿言ってどうするの?!」

照明がテレビのスイッチを消すように外側だけ消える。

シーン1・17

舞台中央、屋敷の中。
照明が明るくつく。

メイド　「いったいいつまで続くんでしょうね、この長雨。リンゴが高価になればなるほど、長雨が続いて、その影響で地盤が緩み、一部地域で土砂崩れの危険性もあるそうですよ。あぁ、ジメジメする。いやですね。ジメジメする。雨！」

農民、屋敷の中に入る。
リンゴをタイモンの目の前の机の上に置く。

農　民　「リンゴです（ヘラヘラと声に出して笑う）！」
メイド　「（農民に）ありがとうございます」

セット転換（セットの転換は役者達が行なう）。
窓が壊れ、部屋が壊れる。
舞台全体がタイモンの部屋の空間になってゆく。

シーン1・18

タイモンは机の上に置かれたリンゴを見ている。

タイモン　「（普通）そうか……。そんなリンゴの価値上がったのかよかったね。リンゴのせいで大雨なんてありえないよ。ニュースって本当にひどいなぁ。なんか僕が悪者みたいじゃないか。リンゴ農家の人も悪者みたいに見えるよ。いつもそうなんだ。どうして、こうなるんだ？　リンゴを買い付けた僕が悪いみたいじゃないか？　そうだろう？　ちがう、これはちがうんだ。リンゴを買い付けたのは人助けのために、思想のために……いやまて、利益のために手助けをしたことになっているのか？　わからなくなってきた……あっ！　（携帯電話を手に取り、電話に出る）うれしいよ！　ユリさんが電話くれるなんて。いいよ。待ってるよここで、何時でもいいよ待ってるから、待ってるよ。待っているからね！」

窓の外には雨が降り、部屋には雨の音が鳴り響いている。

シーン１・１９

タイモン　「（普通）ものには限度っていうものがあるでしょうっていうくらいの大雨。もう雨の音しか聞こえない。あの人に迎えをやった方がいいのかな？　いや、それとも僕が迎えにいった方がいいのかな？　でもこの雨で外に出たら、車がこの大雨で水の重さで止まってしまいました！　とかになって動かなくなって、逆にあの人がここに来たら？　すれ違いで会えないじゃないか、危ない危ない。待っていよう、このままここで歌でも歌いながら待っていよう」

曲は雨の音のなかで歌う。
タイモン、ここで一曲、歌う。ギターをひきながら——

♪ぽつんと部屋にて　窓から見えるこの雲
神様も気にしない　不自由なく生きている
ああ世界が雨に　ああ曇って見えない
I will touch
and Sky for you
you and me
ああ　ああ

……テレビのノイズ音と雨の音が流れている。テレビの画面は今日最後のニュース番組が終わり、テレビの砂嵐がただ流れている。

シーン1・2

タイモン、自分の部屋の机の上にあるリンゴを見ている。

タイモン　「（普通）あれ、なにこれ？　リンゴ皮むいてない。むくでしょう？　リンゴ！　ちょっとメイドさん達、リンゴむいてよ、食べるならむくでしょう。あれ？　悪いほうのタイモンはリンゴの皮むかないの？　……ほら、白雪姫コンプレックスというのがあるでしょう？　子供の頃に虐待を受けて育つと、自分が親になった時今度はその子供に対しても虐待をしてしまうという、あれ。母親が……あれは継母でしたかね？　鏡に向かって聞くでしょう？『この世でいちばん美しいのは誰が！』的なの。鏡はいいますよね。白雪姫だって。この世でいちばん美しいのは白雪姫だって。それで母親は……あれは継母でしたっけ？　もうすっかり逆上してしまう。たかがそれだけのことで。それで毒リンゴを白雪姫に食べさせて。毒リンゴでもやっぱり皮はむくでしょう？　やっぱり。リンゴ、食べるんだったらむきますよ、ぼくはかじったりしないよ。……ナイフ持ってきてよ！　（悪い）よく西洋人が街角でリンゴかじってるの見たりするでしょう？　良いほうのタイモンはみたことないの？　あれはよくない。行儀がよくない。何より、リンゴに申し訳ないよ。皮もむかずにがぶりって。ひどいことするなあ。無益って、牛乳がすっぱくなって飲めなくなった状態を言うらしいよ。無益はムエキ。そりゃあ自分に得がなければ誰だって。（良い）ねえ？　だからいいんだよ。キミは気にするな。ぼくは気にしていないよ。ぼくはもうとうの昔に忘れてしまったよ。そんなこと、忘れてるよ。（悪い）チッ！　おまえ馬鹿か？　俺は忘れないよ！　（良い）えっ？　いいって、いいって。べつに気にしてないってえ。ほら、例えばここに3つのナイフがあるとするじゃない？　ひとつはリンゴをむくには大きすぎる。ひとつはリンゴをむくには小さすぎる。もうひとつはリンゴをむくのにちょうどいい。どれを選ぶ？　誰だってちょうどいいのを選ぶでしょ。（普通）あたりまえだよ。いつだって人間は自分のことしか考えてないんだから。だからいいって。ホント。いいんだって。ぼくだってそうするんだから。ほら、実際こうやってちょうどいいのを選んで、むいてるじゃない。……おーい！（と手をたたいてメイドを呼ぶ）ちょっと、リンゴむけてないよ！もうむかないんだったら僕がむくから。ねぇ、持ってきて！ナイフ！（返事はない）……リンゴの皮さえむいていれば、リンゴの皮さえ！……ねえ、ナイフまだ？むかないとリンゴ食べれないよ！ねぇ、ナイフ持ってきて!!」

メイドにタイモンの声は届いていないようだ。
農民とメイドは仕事に疲れたらしく、屋敷の廊下の隙間で寝ている。
タイモン、部屋から出てメイドを探す。
美術のセットを利用して踏み台昇降を行ない、廊下を走っているイメージで動く。
タイモン、廊下で寝ているメイドを見つけて、

タイモン

「（普通）寝たふりはやめて下さいよ。早くナイフを持ってきて下さい!!」

タイモン、踏み台昇降をしながら自分の部屋に戻って行く。
メイド、起き上がる。

シーン1・3

廊下を走って自分の部屋にもどるタイモンの背中を見ながら、

メイド　「お、起こしてくれてありがとうございます」

メイド、ぞうきんがけの掃除を始めるようだ。
やがて、屋敷にリンゴを持ってきていた農民と廊下で立ち話。

農民　「(ヘラヘラ笑いながら) な、なんで、なんで、で、タイモンさんはリ、リンゴ、リンゴを買い付けてくれるんだろう?!」

メイド　「た、ただの、ただの、気ま、気まぐれでしょう！」
農民　「そ、それでは、それでは、こ、答えに、答えになってないよ、きっとなにか、な、なにか、意味が、い、意味が意味！　あ、ある、あるでしょう?!」
メイド　「い、意味？　意味！　な、なんか、なんか、い、言ってたなぁ、あっ、ひ人助けだって、人助けだって本人が本人が、そ、そう言ってた！」
農民　「ひ、人助け？　人助け！　で、り、リンゴ、リンゴを、か、買い、し、占めてくれんだ！」
メイド　「ほ、本人が、本人がそう言うのだから、そう、そうでしょう！」
農民　「で、でも、でも、そ、そのせいで、よ、世の中、世の中的にはリンゴ、リンゴが、た、高く、高値になって、い、いろいろ、いろいろ大変なことになってる。けど、けどね、だけどね、お、おれ的、ぼ、ぼく的には、ラ、ラッキー、ラッキーみたいな、でも、よ、世の中的には、り、リンゴをかじるどころか、あ、アップルパイも、り、リンゴジャムも焼きリンゴもリンゴアメだって、た、食べられない。ウサギのリンゴもリンゴ病もない。サクッサクッもシャキッシャキッもない！」
メイド　「り、リンゴ好きの人にとったら、た、タイモンさん、タイモンは、て、敵ね。は、犯罪者、そう犯罪者と呼んでもかまわないかもね、この前もリンゴに毒をもられて死んでたでしょう！」

農　民　「えー、えーー、し、死人、死人まで出たの？　まぁ、でも、ぼ、ぼく的に、ぼく的にとってはリンゴが、た、高く、高く売れて助かってる、なんだか、なんだか、複雑だよなぁ！」

メイド　「例えばね、それが、い、石、石であれば、それとは石を指すでしょう。あれがウサギであれば、あれとはウサギを指すでしょう。これが、や、山、山であれば、これとは山を指すでしょう。はい、ここで、し、質問です。タイモン、タイモンさんがリンゴ、り、リンゴといえば、何を指しますか?!」

農　民　「そりゃリンゴ、り、リンゴでしょう！」

メイド　「はいダメ、ダメ、ダメー。ここでは、ここではやって、やっていけない」

農　民　「なんで？　なんで、なんで?!」

メイド　「ダ、ダメよ、ダメ、ダメ、タイモンさんが、タイモンがリンゴと言ってリンゴを指さしちゃ！　あぁそれ、り、リンゴですね。なんて、なんて言ってはダメだよ」

農　民　「な、なんで？　リンゴ、リンゴでしょう？　なんでダメ、ダメなの?!」

メイド　「そ、それが、それが、それが」

農　民　「う、うん、うん、うん！」

メイド「し、知らない、知らないけど、知りもしないわよ！」

農民「えー、し、知らないの？　なんで、なんで、り、理由がないのにそう、こうなんか、こう、こ、行動に、う、移すのって」

メイド「む、難しい、難しいと思ったら、クローズユアアイズ」

農民「な、なんで、なんで、なんで」

メイド「い、い、いいから、いいから、クローズユアアイズ」

農民「な、なんで、なんで、ごめん、英語？　なにを、何を言いたいのかわかんなかった！」

メイド「め、目を目を閉じる」

農民「な、なんで、なんで」

メイド「い、いいから、いいから、閉じなさいよ！」

農民「な、なんで、なんで、うん、なんで今、今閉じるの」

メイド「と、閉じて、閉じてないでしょう」

農民「わ、わかった、わかったよ、目を目を閉じて、閉じてみるよ、みればいいんでしょう！」

メイド「と、閉じてる?!」

農　民　「と閉じて、閉じてるよけど、なんで」

しばらく目を閉じるメイドと農民。

シーン1・35

タイモンの部屋から声が聞こえる。

タイモン　「（普通）ナイフ持ってきてよ！　これ、リンゴむかないと食べれないでしょう！
ねぇ、ナイフ持ってきてよ!!」

無視して廊下で話を続ける、メイドと農民。

農　民　「な、なんで、なんで目、目閉じ、閉じてるん、てるんだっけ?!」
メイド　「だ、だから、だから、そう、教え、教えて、てもらったの、理由は、理由はいらないから、な、ナイフって言われても、ぜ、絶対に、絶対に、ナイフ、ナイフは持って、持って行っては、ぜ、絶対にダメだって！」
農　民　「え！　な、なんで、なんで、そうなるの？　な、ナイフ持ってきて言われて、こ、これ、り、リンゴでしょうと、ゆ、指差しているのに、ち、違うことを考えて、なんで、なんで」
メイド　「し、知らない、知らないわよ！　め、目、目閉じてない!!」
農　民　「な、なんで、め、目、目、閉じるよ、わかった！」
メイド　「め、目を閉じると、り、理由、理由なんていらないでしょう！」
農　民　「な、なんで、いや、いや、そうでもない。（目を再び閉じて）……やっぱそうでもない、そうでもない！」
メイド　「でもそう、い、言われてる、言われてるから、り、リンゴと言って、り、リンゴ、リンゴを指差しては、だ、ダメ、ダメよ、何か、何か、べ、別のものを指で、指、指すようにしてよ、わかった?!」

農　民　「なんで、なんで、り、理由、理由なくても?!」
メイド　「な、なくても、なくてもなのよ、り、理由を、も、求めて、どう、どうするのよ、例えば、今日8：10AMに何をしていましたか？　という、し、質問に、質問に、こ、答えて、でてきた答え、答えは　テ、テレビを見てました。は、母と話してました。ちょうど、ね、寝るところでした……などなど、こ、答えは、答えは、様々でしょう。同じじゃないよね。（農民に）8：10AM、何してた?!」
農　民　「きょ、今日の8：10AM、インタビューに答えてた」
メイド　「わ、私はテレビでニュース見てた。ほら、ほらね、人は一人一人それぞれの、じ、時間の、時間のなかで、い、生きて、生きているでしょう。とにかく、お、大きな一つ、一つの括りでは、括れないのよ！」
農　民　「なんで、なんで、ふーん（頷くも）ふ、複雑、複雑！」
メイド　「わかった？　わかったの、わかった?!」
長い廊下を走り、タイモンの部屋の前にゆく農民。
（ここでも長い廊下を走るイメージで踏み台昇降を繰り返し、ようやくタイモンの部屋にたどりつく）

農民、タイモンの部屋をのぞく。
タイモンを見て、長い廊下を走り、メイドの所にもどる。
（ここでも長い廊下を走るイメージで踏み台昇降を繰り返し、ようやくメイドのもとにたどりつく）

農民　「（メイドに）な！　何、何してるの、あれ？　あれ？　何、何してるのかな、あれ！」

メイド　「き、聞いて、聞いてみなよ！」

農民　「む、無理、無理だよ！」

メイド　「だ、大丈夫、大丈夫だよ。ぜ、絶対、絶対いけるって。わ、私、ここで、ここで、こう、み、見守っとく」

農民　「何で、何で、い、一緒に、一緒に、き、来てよ」

メイド　「そういう風にしないことにしました。どうしてもやらないことにしていましたから、その、き、聞いて、聞いてきなよ！」

農民　「き、緊張、緊張するじゃん」

メイド　「し、しない、しないよ、ただの、ただの金持ちだよ！」

農民　「か、金、金持ってんだよ、き、緊張、緊張、する、するでしょう?!」

メイド　「えー、なんで？　なんで！　か、金持ってるだけで、き、緊張、緊張するの？

ほら!!」

机から金貨を取り出したメイド。
その金貨を農民に投げつける。

農民「い、痛い、痛い。し、し、しないよ、しないよ。お、おまえじゃ、き、緊張しないからね！ (笑いながら) だから、い、一緒に一緒に来てよ！」

メイド「い、いいから、いいから、い、行って、き、聞いて、聞いてきなよ。ここ、ここで、ま、守っとくから!!」

農民「な何？ 何！ ここ、ここ、ま、守っとくって、守るって、な、何？ ナニ!!」

メイド「じ、地震、地震、さ、最近よく来るじゃん？ だから、だから、来た時にパッと、とれるようにする、する、する、ひ、必要、必要あるから、ここ完全守っとく！」

農民「な、なに、何とるの」

メイド「と、取れる、取れるよ」

農民「じ、地震、地震、地震ってこう、ぜ、全部がグラグラ、グラグラ、く、来るんだよ、む、無理、無理でしょう。見守っとかなくていいからねぇ、ねぇ、一緒に、一緒に行こうよ！　ちょっと、ちょっと、来るだけでいいから。自分から、自分から、タイモンさんに話し、話しかけるの、け、結構、結構、緊張、緊張するから、ねぇ！」

メイド　「い、いいから、いいから、行き、行きなよ。気になるんでしょう。あぁやってボーっとしてんのが」

長い廊下を走り、タイモンの部屋の前にゆく農民。

（ここでも長い廊下を走るイメージで踏み台昇降を繰り返し、ようやくタイモンの部屋にたどりつく）

農民、タイモンの部屋をのぞく。

タイモンを見て、長い廊下を走り、メイドの所にもどる。

（ここでも長い廊下を走るイメージで踏み台昇降を繰り返し、ようやくメイドのもとにたどりつく）
＊しかし、この廊下の行ききは、一回目よりも、はるかに速いくり返し。

農　民　「（タイモンを見て）き、気になる。気になる！」

メイド　「わ私、き気にならないもん。いつものことだから」
農民　「い、いつものことだから、い、いいじゃん！　聞こうよ。何でボーッてしてるのかは知らないでしょう」
メイド　「だ、大丈夫だよ、し、知らないままでも、へ、平気だから、い、行って、は、話しかければいいじゃん‼」
農民　「む、無理、無理だよ。ねぇ、いいから、い、一緒、一緒にそこまで、そこまででいいから、来てよ、ねぇ、ねぇ、ここまでで、い、いいから、い、一緒に来て、き、来てよ‼」

シーン1・39

農民　「ここまで、ここまで！　来てよ」

農民、メイドに言いながら、長い廊下をダッシュして（踏み台昇降の速さは2回目よりも速い）タイモンの部屋に勝手に入っている。

タイモン　「（普通）こうしてずっと待っているんですよ」
農民　「え、え？　何を？　何をですか?!」
タイモン　「（普通）やってくるのを！」
農民　「何が？　何が？　誰が、誰がですか?!」
タイモン　「（普通）その人が、やってくるのを」
農民　「どれくらい？　どのくらい待ってるの？　待ってんですか?!」
メイド　「いい、いいよ！　いい感じで、感じで、話せてる！」
農民　「意外に、意外にいけた！」

メイド、タイモンの部屋の掃除を始める。

タイモン　「（普通）もうずっと！」

農　民　「どこで、どこで、ですか?!」
タイモン　「(普通) ここで。こうしてずっと待っている!」
農　民　「何を、なんで、何をですか?!」
タイモン　「(普通) やってくるのを、です!」
農　民　「誰がですか?!」
タイモン　「(普通) その人が、やってくるのを」
農　民　「どれくらいですか?!」
タイモン　「(普通) もうずっと。ただずっと」
農　民　「どうしてですか?!」
タイモン　「(普通) ここで。こうしてずっと待っている!」

タイモン、じっとリンゴ見つめる。

農　民　「どうして?　ですか　ここで何してるんですか?!」

農民思わず、タイモンの机の上にあったリンゴをかじる。

タイモン　「（普通）よく西洋人が街角でリンゴかじってるの見たりするでしょう？　あれはよくない。行儀がよくない。何よりリンゴに申し訳ないよ。皮もむかずにがぶりって。ひどいことするなあ！」

農民　「はぁ、ぎょ行儀が、行儀が悪いんですかね（リンゴをかじりながら農民は楽しく笑っている）」

タイモン　「（普通）リンゴをかじるのか？　笑いながら、リンゴかじるのか?!」

農民　「かじるくらいのほうがゴミがでなくていいですよね、笑顔でいると、よ良い良いって、言われ、言われ、言われたかから」

タイモン　「（普通）私はリンゴかじらないよ！」

農民　「どんなに辛い、辛い時も笑顔を、笑顔を忘れなければいいよって、そのほうがいいよって、母親に母親に言われ、言われたたから、笑顔を忘れ、忘れないように、本当は木から、木からもいだ時にかじるのが一番、一番おいしい、おいしい、おいしいに決まってますよね（笑ってる）」

農民、リンゴをかじりながらタイモンの部屋をでる。

シーン1・4

タイモンの部屋。
タイモン、メイドと一緒になって短いモップで掃除を始める。

メイド　「ありがとうございます。でも、な何で、な何で、タイモンさんがこう、こう、そ、掃除、掃除してるんですか?!」
タイモン　「(普通)さあ。何か、申し訳ない!　って思って」
メイド　「まだ、まだ、あの子のこと、その子のこと、気にかけてるんですか?!」
タイモン　「(普通)かもしれない。わたしは何もしてあげることができなかったよ」
メイド　「ありがとうございます。その気持ち、で、でも、な何かの助けに、助けになりま

タイモン　したかね？　タイモンさんがあの時、あの時、何かしたとしても」

メイド　「（普通）ならないかな?!」

「ならないでしょうね、ならないでしょうね」

メイド、タイモンの部屋の窓をあける。

タイモン、幻の少女を屋敷の窓に見る。

その少女は、今にも飛び降りようとしている。

タイモン　「（普通）ビルの屋上から飛び降りようとしている女子中学生を見ました。その子の両親や友人や、たくさんの警察官が、彼女のことを何とか思いとどまらせようと説得しました。私はそれを集まった野次馬たちの人垣の中で見ていました。やがて彼女は思い留まり、その場に泣き崩れました！」

幻の少女がうずくまっている。

タイモン　「私がその時ほっと胸をなでおろしたかどうかは本当のところわかりません。でも、その時私の後ろの方から大きな声で叫んだ人がいて、『人騒がせな！　死ぬならとっとと死ね!!』少女はその声に振り返りました！」

幻の少女、立ち上がる。
少女、タイモンを見て窓から飛びおりる。
窓の外では「落ちたぞ」となにかザワザワと騒がしい。

タイモン　「私はその時彼女と目が合ったような気がします。キッと、睨まれたようにも思います」

メイド　「それで、そ、掃除、掃除をしている？　ありがとうございます！」

メイド、タイモンの部屋の窓から外の様子を見る。
外の様子を眺めながら、

メイド　「う、うるさいな」

メイド、タイモンの部屋の窓を閉める。
外の騒がしかった声は一切聞こえなくなる。

タイモン　「（普通）なんとなくね、なんとなくやるってこともあるよね、これが毎日ってなるとできないけど、今日だけやるって思えば私にもできるように思って」
メイド　「ぬ、濡れ衣を晴らそう、は、晴らそうとは思わなかったの?!」
タイモン　「（普通）そんなことしてどうなる?!」
メイド　「こうして、そ、掃除を、掃除してどうにか、どうにかなるんですか?!」
タイモン　「（普通）彼女の家まで押し掛けて、あれは私じゃありませんよ。とっとと死ね！　といったのは私ではありませんよ。って！」
メイド　「そうやって、なんとなく、無心で、無心で掃除をする。これは祈りですね。まるで祈りですね。……ありがとうございます！」
タイモン　「（普通）私の弁解が彼女の助けになるのなら、今からだって行こうか？　それともやっぱりあれかな？　自分も思ったのかな？　とっとと死ねって！」

シーン1・45

農民、持ってきたリンゴを机の上におき、掃除をしているタイモンを見て言う。

農　民　「な！　何？　何をして、してるんですか?!」
タイモン　「(普通) こうしてずっと待っているんです！」
農　民　「な、何を？　何で?!」
メイド　「やってくるのを、ですって、ですって！」
農　民　「だ、誰が？　誰が?!」
タイモン　「(普通) ユリさんがやってくるのを、ゆっくりやってくるのを、待っているんです！」
農　民　「ど、どれくらい、どのくらい、ま、待って、待ってるんですか?!」
タイモン　「(普通) もうずっと、ただずっとここで。この部屋で。僕の静かな部屋で」
メイド　「ど、どうして？　どうして、ま、待って、待ってるのかも、ワ、わからない、わからないのに?!」
タイモン「(普通)やってくるからね」
農民「だ、誰が? 誰が?!」
メイド「ゆ、ユリ、ユリって言った。い、言ってたでしょう!!」
農民「ま、まじで! い、言って、言ってた? き、聞き、聞き逃した」
タイモン「(普通)やってくるから!」
農民「だ、誰が? 誰が?!」
メイド「だから、ゆ、ユリ、ユリって言った? 言ってたでしょう!!」
農民「あれ? 聞き、聞き逃してから、誰? 誰かなと思って2回聞いた!」
メイド「だ、誰も、誰もこない、こないから」
農民「こ、来ない、こない、こないの? こないんだ!!」
タイモン「(普通)きっとやってくるに決まっているから!」
メイド「あっ! タイモン、タイモンさん! む、迎えに、迎えにはいかないの?!」
タイモン「(普通)僕はこうしてずっと待っているんです!」
農民「い、いつ、いつ頃から? どの、どのくらい?!」
タイモン「(普通)もうずっと前から。ただずっと前から!」

メイド「ド、どうして？　どうしてむ迎え、迎えにはいかないの?!」
農　民「こ来ない様子だったら、む迎え、に迎えにいったほうが、か感じ、感じがいいよね！」
タイモン「（普通）こうしてずっと待っているんです！」
メイド「な、何を？　なにを、ま待って、待ってるのかもわからなくなるぽいけど」
タイモン「（普通）やってくるのを、ゆっくりやってくるのを、待っているんです！」
農　民「だ、誰か？　誰かくるの?!」
メイド「だから、ゆ、ユリって、ユリって言ってたでしょう！」
農　民「ま、待って、待ってるんだ?!」
メイド「こ、来ない！　来ないけどね。とにかくずっと、ずっと、ま、待ってるのよ！」

『こ、来ないのに、ま、待っているんだって』『む無駄だよ！』『こ来ないのにね！』と、お互いに言い合いながらタイモンの部屋を後にするメイドと農民。

シーン1・5

タイモン、突然気がふれたような大きな声で！

タイモン　「クリスマスだよ、クリスマス、クリスマスがくるよ！　♪チャラララ、クリスマス、クリスマス!!」

タイモン、屋敷中に響きわたるようなベルを鳴らしている。
ジングルベルが鳴り渡るようなベルの音。
メイド、あわててタイモンの部屋に向かう。クローゼットを開き、サンタクロースの衣装を持って来る（慣れた手つきで）。まるで、毎日同じようなことが行なわれているかのように。

メイド　「また着るんですか?!」

クリスマスソングをタイモンが歌い始めるとそれが合図かのように、三人同時にサンタクロースの衣装を着はじめる。
農民にとっては、初めてのことで楽しそうにしている。
メイドはそうでもなさそうに事務的にクリスマスの衣装を着る。

農　民　「あれ？　なんでわかったんですか、僕が12月25日生まれって！」
メイド　「ありがとうございます！　私も12月25日生まれなの！」
タイモン　「(普通) 私もですよ。12月25日に生まれたんですよ！」

互いに、「おめでとう、おめでとうございます！」と言い合い、農民、メイド、クラッカーを派手に鳴らす。
クラッカーが鳴り響くなか——

タイモン　「（普通）そうだよ！　クリスマスで誕生日なんだから、皆で祝おうよ」

タイモン、ベルを鳴らす。

ベルが鳴り響くなか――

農　民　「あれ⁇　きょ今日、今日違うよ！　クリスマス、クリスマスじゃないよ！」

一瞬、ベルもクラッカーも鳴らなくなる。

メイド、農民をあきれた顔で見る。心のなかで、そんなこと言ってどうするのよと思っている。

タイモンは悪いタイモンになり、農民に向かって投げ捨てるように言う。

タイモン　「（悪い）いいから着るんだよ！」

農民、タイモンの変化に気がつき、ヘラヘラ笑いながら言う。

農　民　「はい、はい、そうです、そうですよね、（ハッハッハッと笑いながらもまったく衣装を着ない）！」

ベルがまた鳴り始める。まるでサンタが近づいてくるかのようにベルが鳴る。

メイド　「（農民をせかす）お世話になってるんでしょう！　タイモンカンパニーがリンゴ買い付けたんだからね！　ありがとうございますっていう気持ちで！」

農　民　「（ハハハと笑いながら）わかってますよ。着ますよ！（笑顔のままで）！」

タイモン、突然叫ぶ。

タイモン　「（普通）ポップコーン‼」

メイド　「ポップコーン‼」

農　民　「……？　何ですか⁈」

メイド　「真実の合い言葉よ‼」

タイモン　「（普通）ポップコーン！　12月25日に生まれたよ！」

メイド　「ポップコーン‼」

農民　「はい、ポップコーン‼」
タイモン　「（普通）嘘はないな！」
メイド　「ポップコーン‼」
農民　「ポップコーン‼」
タイモン　「（普通）ポップコーン‼」

タイモンはいち早くサンタクロースの服を身に纏っている。
メイドと農民は舞台奥にクリスマスツリーを出し、クリスマスを祝っている。

タイモン　「（普通）なんでクリスマスの格好をしているのかというと、死んだ祖父は死ぬ3年前にクリスマスに取り憑かれて、毎日がクリスマスだった。それに付き合って初めは楽しかったんだ。でも毎日がクリスマスって意外に地獄だった。毎日ケーキを食べておめでとう！　って、何がめでたいのかもわからない。でも、そうやって今日クリスマスじゃない、っていうと、ものすごい暗い気持ちになって、何で、何でだって後悔をするんだ。医者にも見せたよ。これはクリスマスに取り憑かれるクリスマス病で、遺伝であることが多いって。それが出るのはたった1秒から3年、祖父は長いほうで3年もクリスマス病に取り憑かれた。毎日クリスマスだったら問題なくクリスマスを楽しんでいるんだ。でも、今日くらいクリスマスを休んでいいだろうと思うと、決まって暗い祖父に戻って、そのうち青いモップに追いかけられるんだよ。こうやって……（モップを自分で持っている）。いつまでも青いモップに追いかけられる祖父に向かって、メイドは、『その青いモップ、タイモンさん自身じゃないですか?!』」

タイモンと同時に台詞を言うメイド。

メイド
タイモン
「その青いモップ、タイモンさん自身じゃないですか?!」

「（普通）自分に追いかけられているんですよと言った。俺もそう思った。でもほら、こうやって青いモップが怖いんだ！ うううううう、怖くないよ、こんなもの！ こんなもの（足でふみつけてモップを退治する）……何だよ！ かかってこいよ！ そうしておれが青いモップの恐怖から追い払ってあげようとしたのに、余計に騒ぐんだよ。これも遺伝なのか？ もしそうだとしたらおれも老いるとクリスマスに心をはずませ、そうして青いモップにおののいたりするのか？ ……恐怖です。恐怖って何だよ……。恐怖は寒いのか？　うるさいのか？　それとも暖かいのか？　何かイメージだけど、暖かい感じはしない。どちらかというと寒い感じなので、コートを！　コートを！　何だよ！　恐怖なんてなくならないじゃないか‼」

メイドと農民はたくさんのコートを持ってくる。

タイモン、メイド達に何重にもコートを着せてもらいながらひたすら喋り続ける。

タイモン

「（普通）……いや、でも、そろそろ行こうと思って。……いや、でも、遅れんのやだから。普段からチャラチャラしてるように見られてるでしょう？　だからこういうことは、せめてね。いや、だから、時間には遅れずにって。できるだけ約束の時間より先に行ってたいってタイプ。そう、約束より先にね。なんだったら約束するより先に実行するタイプ。どちらかってと。うん。そんなのわからないよ。だから何時にここでって約束した訳じゃないもの。それがいつなのかも、どこなのかも、誰が来るのかだってすら、わからないんだから。だってこれは何時にここでって約束する前の待ち合わせだよ。もういつから待ってるのかさえ忘れちゃったよ。だけどこれだけは確かでしょ？　ぼくは時間には遅れないよ。遅いなあ……。なにやってんだあ？　……いいよ、べつに。キミが約束をやぶっても。何時にここでって約束、まだしてないし、これからしようっていうその約束をする約束をキミが破ってしまったっていいよ。キミが何時にここでって言う前から、ぼくは実行してるんだから。キミがなにか言葉を発するまえに、ぼくがその言葉をしゃべってしまったっていい。キミが歌い出すまえに歌ったっていいんだ。もちろんなにを歌うかなんて知らないよ。誰かに歌われる前の歌なんだから。約束の時間に約束の歌が歌われる前に、ぼくが歌い出す。（歌）でもその年の／クリスマスの日／サンタのおじさんは／言いました……いったいいくつあるんだろう、クリスマスの曲は……。俺はクリスマスに取り憑かれた祖父を見ながら考えてた。……一体何曲あるんだろう？　毎年、新しいクリスマスの曲は作られているから、今も増え続けてて、いつまでもクリスマスの曲は増え続けるんだろうと、そのうち嫌になって、もうクリスマスには付き合いたくなくなったんだ。……あれ？　（電話が鳴っている）バイブ鳴ってる？　あれ？　どこ？　（コートのポケットを探す）あれ？　あれ？　切れちゃうよ！　どこ、どこ？　ない、ない？　（メイド、机上にある携帯電話を見つけタイモンに渡す）……あった！」

タイモン

タイモン、電話に出る。

舞台後方。コートを着せたのち、農民、メイドは、クリスマスパーティーを行なっているが、やがてパーティーに疲れて眠り始める。

「（普通）嬉しいよ。こうやって電話くれるなんて。そうやってね、ぼくはキミとの約束が交わされる前から、その約束を実行しているってわけで。キミがその約束を果たすか、破るかなんて誰にもわからない。本当はキミにすらその選択権はないんだ。ぼくのこれからの人生だってそう。キミのもね。約束される前に、始まる時間ってのがあるんだよ。キミとぼくが出会う前に、進み出す時計がある。ぼくがこうしようと思う以前から物語は始まっているんだよ、いいよ。待ってるよここで、何時でもいいよ。待ってるから。待ってるよ。待っているから。あれ？　切れてる。（電話を見て、少し電話を離して）……待ってるからね。……踊りはもう終わったのか？　いつまでも踊り続けるなんて無理なんだから。さぁ、そういつまでもクリスマスなんて続かないよ。（タイモン、椅子に座ったままリンゴを持って見ている）まだ、リンゴはむけないのか？　おーい、待ってんだけど！　（悪い）何だよ！　おまえ無視されてんだよ。（良い）何で、何でなんか悪いことした？　えー何で、何で？　（悪い）したよ、だから嫌われてるんだよ。（良い）考えすぎるのはよくないよ、いいじゃないか。差別は受けるものだよ。まるで、それが間違いのように言うのはよくない。俺だって実際不幸の人をひきうけたのは、安かったからさ。他のまともな人を雇うよりも。（普通）まるで哲学者みたいだよ。（悪い）あぁ友達の哲学者だよ。（普通）名前をなんて言ったっけ？（良い）そう僕達は友達なんだ」

タイモン、コートを着ている姿が、まるでサンタクロースのような太っている格好に見えなくもない。ただ、立ち尽くしている。

メイドと農民はタイモンの台詞の間にセット転換を行なっている。

シーン1・6

農　民　「タイモンさんにはどんなトモダチ、友達がいる、いるの?!」

メイド　「詩人、詩人、画家、画家、経済学者、経済学者、哲学者、哲学者」

タイモン　「(普通) 私にも友達くらい、いるよ」

農民、客席に話しかける。

農　民　「では、ここで、タイモンさんの友達がどういう人だったのか見てみましょう!」

舞台上の無数のモニターには、詩人、画家、経済学者、哲学者とタイモンの友達が映っている。

（例えば、机の中に隠されていたいくつかの箱と共に、机、椅子などもモニターとして使用する）。
映像を見ている農民、メイド、タイモン。
映像には音が入っていない。
映像内の台詞は、舞台にいる役者達が、アフレコのようにあてていく。

詩人　「最悪だなあ！　近頃の学生は詩もよめないのか！　詩人です！」

画家　「最悪だなあ！　絵だってかけないよ！　画家です！」

詩人　「けだものだなあ」

経済学者　「けだものだなあ！　そんなお金にならないことを学ばすなんてうちの学長は何を考えているんでしょうか？　経済学者です！」

詩人　「けだものだなあ」

画家　「じゃあ、おれ、ライオン」

詩人　「じゃあ、おれ、狐」

経済学者　「あっ、ずるい、わたし狐がいい！　ルールルルル♪」

画家　「そんなので狐は来ないよ」

経済学者　「つっこまなくていいんだけど」

画家　「ルールルルって言いたいだけなんだよ」

みんなでルールルルーと狐を呼ぶ。

詩人　「おまえは子羊！（経済学者に向かって）」
経済学者　「悪くない。子羊、悪くないよ‼」
画家　「子羊になったら、ライオンのおれがおまえを食う」
経済学者　「やだ、食われたくない」
詩人　「じゃあ、おまえ、ロバ！」
経済学者　「ロバやだ、のろいのやだ！」
詩人　「ロバは、なんて私はのろいんだってやがて自己嫌悪に陥る！」
経済学者　「もうちょっと強いのがいい。オオカミは？　オオカミでいい⁉」
詩人　「オオカミは、なんで私は貪欲なんだってやがて自己嫌悪に陥る！」
経済学者　「やだ、自己嫌悪やだ。もっと夢のあるやつ。ユニコーンとか」
詩人　「ユニコーンは、なんて私は美しいんだろうという自尊心が高じて、やがてやっぱり自己嫌悪に陥る！」

経済学者　「やっぱり！　じゃあ、熊」

画　家　「熊は馬に蹴り殺される！」

経済学者　「なんで？　なんで？　そんなの聞いたことない。じゃあ馬でいいよ！」

画　家　「馬はヒョウに食い殺される」

経済学者　「食い殺されるのもやだ！　じゃあヒョウで」

詩　人　「ヒョウは体中の斑点が嫌になって、やがて自己嫌悪に陥る！」

画　家　「その前にライオンのおれがヒョウを食い殺す」

経済学者　「ライオンには無理じゃない？　ヒョウは」

画　家　「じゃあ我慢して狐のおまえを食い殺す」

詩　人　「そのまえに狐は化けて、おまえをだます」

画　家　「そのまえにおれが食い殺す！」

詩　人　「そのまえにおれがだます」

経済学者　「やめてください！　だまされるのも、食い殺されるのもいやです。自己嫌悪も嫌!!」

哲学者　「だったら遠くに行くしかないな。一番の安全策はその場に居合わせないこと。そしたらだまされることも、食い殺されることも、自己嫌悪もない」

経済学者　「どんなに遠くへ行っても、やっぱり自己嫌悪だけはついてくると思うんですけど！」
哲学者　「もっと遠くへ！　自分を置き去りにしてしまうくらいもっと遠くへ!!」
経済学者　「遠くムリ！　そんな遠くムリ!!」
画家・詩人　「ムリムリ」
詩人　「いけないのかな？　何もないなぁ、誰もいないあなぁ、旅に出て歩いていれば、森があれば、大きな木があるだろう？　そこに大きな家を建てて逃げ込めば食べられることもないし、いい感じで安全な旅ができるといいね」
経済学者　「なんで？　安全なの?!」
詩人　「鳥だってリスだって隠れるでしょう身を守るために、木に隠れるでしょう！」
経済学者　「えーなんで？　巨木が好きなの?!」
詩人　「えーおまえ読んだことないの？　『おおきなきがほしい！』！」
経済学者　「ない！」
詩人　「『おおきなきがほしい！』だよ？　名作だよ?!」
画家　「いいよなぁ！」
経済学者　「なんで？　いくらになるの?!」

詩人　「巨木だよ。売れないよ」
画家　「巨木はほとんどなくなってきてるからね。夢だよ」
経済学者　「なんで、なくなってきてるんでしょう？　まるでリンゴと一緒だよ！　高く売れるよ」
詩人　「巨木だよ？　売れないよ。何でもなくなってから気がつくからね。大きな木いいよなぁ！」
画家　「巨木に小屋。憧れだよなぁ！」
詩人　「大きな木がほしいよ」
画家　「タイモンさんは持ってたろう」
経済学者　「ほら、金持ちは持ってんじゃん、買えるんだよ！」
詩人　「じゃ俺金持ちになる」
画家　「じゃ、俺も！」
経済学者　「私が一番金持ちになる！」
哲学者　「だったらおまえら、けだもの。けだものになったら、いずれだまされるか、食い殺されるか、自己嫌悪に陥るのに、そのことに気づかないで遠くへ行かないおまえらは、ちょーけだもの！」

画　家　「あんたは？　遠くへ行かないのか?!」
哲学者　「だっておれは、ちょーけだものだから、行けないよ」

と、哲学者、リンゴをひとつ差し出す。

経済学者　「あー!!」
画　家　「リンゴじゃん!!」
詩　人　「えー、すごい!!」

などと口々に感嘆の声。

画　家　「どうしたんですか？　これ！」
哲学者　「友人からひとつわけてもらったんだ」
画　家　「これ、フジじゃないですか?!」
哲学者　「くわしいね！」
画　家　「サンフジじゃないですか！　何年ぶりだろう、生のリンゴ見たの！」

経済学者　「私、生まれてはじめて！」
詩　人　「あるところにはあるんですねえ！」
経済学者　「えー、どんな味がするのお?!」
画　家　「俺も食べたことはないから！」
詩　人　「甘酸っぱいらしいよ」

詩人、画家、経済学者、哲学者が持つリンゴをじっと見つめる。

哲学者　「ほしい?!」
詩　人　「えっ?!」
画　家　「いいんですか?!」
哲学者　「欲しければ！」
経済学者　「欲しい!!」
哲学者　「毒リンゴだけど！」
詩人・画家・経済学者　「……」
哲学者　「それでもよければ、じゃ、僕は授業があるから行くけど。食べたら、死ぬよ」

哲学者、退場。

詩人　「……どうする?!」

画家　「毒リンゴってどういうこと?!」

経済学者　「えー、食べちゃダメなの?!」

詩人　「毒リンゴ、だからねえ」

画家　「まあ、こうして実物を見れただけでも！」

詩人　「うん、あきらめるしかないよねえ?!」

経済学者　「私、あきらめきれない！」

詩人　「イヤイヤイヤイヤ、毒リンゴだから。食べたら死ぬから！」

経済学者　「でも！」

画家　「また出会えるかもしれないじゃない！」

経済学者　「えー、ないと思う。こんなチャンス、二度とないと思う！」

詩人　「ダメだって」

経済学者　「あきらめるの？　子供の頃からずっと話だけで聞かされてきた、あの夢にまで見た幻のフルーツを目の前にしてあきらめるの？　ありえない！　あのリンゴ様がいまこうして目の前にいらっしゃるっていうのに！　やっぱダメ、私ガマンできない！」

詩　人　「イヤイヤイヤイヤ、毒リンゴだから。食べたら死ぬから！」

経済学者　「もしこのリンゴを食べることができるなら、それで死んでしまってもいいような気がしてきた。たとえそれで死んでしまっても!!」

詩　人　「イヤイヤイヤイヤイヤ、毒リンゴだから。食べたら死ぬから！」

画　家　「じゃあ、こうしたらどうだろう？　今からすぐにこれを窓から投げ捨てて、なかったことにするってのは？　ここにリンゴなんてものはなかった。俺たちはそんなもの見ちゃいないし、触れてもいないってことにするには！」

経済学者　「ムリでしょう。これは普通のリンゴで、毒が入ってるなんて聞いてなかったってことにして『さあ、食べましょう!!』というのがどちらかというと自然でしょう?!」

詩　人　「じゃあ、そもそもリンゴというものは、食べ物ではないっていう設定はどうだろう?!」

経済学者　「食べ物でしょう」

画　家　「でも、初めてこれを見た人は、これが食べ物かどうかさえわからないじゃない？　だからそういう設定にして、あれ、なんだ、この赤いの？　くらいの感じで素通りするってのは！」

経済学者　「ムリでしょう。見てよ、このツヤツヤを！　例え初めて目にしたとしても、その人はやっぱりいずれ食べたい！　って思うツヤツヤじゃない。例えこれが何なのかさえ知らないとしても、やっぱり食べたい‼」

詩　人　「そうかな？　知らなければ食べないと思うけど」

経済学者　「ゼッタイに食べる‼」

詩　人　「じゃあ、いいんじゃない、そこまで言うなら、食べれば？　死ぬよ」

画　家　「……ちこーっとだけ食べてみる⁈」

詩　人　「イヤイヤイヤイヤ、えー！　毒リンゴだから。食べたら死ぬから！」

画　家　「でもちこーっとなら、下痢するくらいで助かるかもしれない」

経済学者　「かもしれない！」

詩　人　「ちこーっとでも、死ぬかもしれないでしょう⁈」

経済学者　「白雪姫は助かった！」

詩　人　「それ童話でしょう？　あなた白雪姫じゃないでしょう⁈」

経済学者　「そんなに死ぬのが怖いの？　もう二度とお目にかかれないかもしれないのよ。そんなチャンスを目の前にして、あなたは逃げ出すの?!」
詩　人　「そんな命張るほどのことじゃないでしょう?!」
経済学者　「そうやっていつも逃げてばかりで。そんな人生、もうまっぴらなのよお！　私たちのこれからの人生と、このリンゴと、どっちが貴重だと思ってんの?!」
詩　人　「ぼくたちの人生、でしょう？　……そうでもないかなあ」
画　家　「サクサクっていうらしいよ。食べると。シャキシャキって！」
経済学者　「甘酸っぱいのよ」
画　家　「しかもフジだからね。サンフジ！　だからね！」
詩　人　「蜜がぎっしりつまってる」
画　家　「ほんとちこーっとなら、大丈夫かもよ」
詩　人　「そう?!」
経済学者　「そう!!」

3人、リンゴを見つめる。

やがて、リンゴを食べて倒れる詩人、画家、経済学者。

シーン１・７

舞台では映像が終わり、タイモンは自分の部屋で「暑い！」と言いながらコートを脱いでいる。

メイド達、農民達は廊下で話している。

映像。

メイドのダンス映像。

やはり音はない。

タイモンのお世話係のメイドは合計３人。

（メイド達とは、舞台上のメイドと映像の中のメイド２人のこと。メイド達の台詞はすべて舞台上のメイド１人で発するが、他の２人のメイドの映像にあわせて喋るため、３人で喋っているように見えるだろう）

メイド達　「なかでも哲学者は最悪！　ど、毒リンゴを、た、食べさせてタイモンさんの友達を殺したのよ‼」

ひそひそと噂話をするメイド達の姿。
農民、メイドの話に耳を澄まし、突然会話に入り込んでくるように大きな声でメイド達に話しかける。

農　民　「ひどいこと、ひどいことする、するね、タ、タイモンさんはなんで怒ら、怒らないの？　我慢、我慢してるのかな⁈」

やがて、わいわいがやがやとメイド達の噂話が始まる。

メイド達　「我慢、我慢、我慢。いつからだろう？　その言葉を聞かされたのは？　今まで生きてきて何回聞かされたかな？　お姉ちゃんなんだから我慢しなさい！　ってつらいよねえ、長女って、なにかといえばあなたはお姉ちゃんなんだからって、私もイヤというほど親から聞かされたよ、だいたい何で長女ばっかりガマン？　サイアクだよねー！　ひとつしかないものは、それは弟にあげなさい！　チャンネル争いは、弟に見せてあげなさい！　ケンカをしたら、お姉ちゃんのあなたが悪い！　決まり文句、決まり文句。私なんて弟にお金がないからって、これまでどんだけもってかれたか！　私なんてウチはビンボーだからって地元の短大でガマンしたのに、弟は東京の大学だよ！　夢の一人暮らしだよ！　キャンパスライフ!!　家を継ぐのは弟で、おまえはいずれ結婚して、この家を出て行くんだからって。いずれよそ様の子になるんだからって。なにそれ？　私は長女よ！　子供の頃はお姉ちゃんだからって理由でさんざんエコ贔屓されて、いざ大人になったらこれよ。『まだ嫁に行かんのか?!』だって。……つらい、つらい。……なんで弟より先に生まれたんだろう？お姉ちゃんだからよ。そうよ、そうよね。これまでは何かといえばお姉ちゃんなんだからって言ってたのに、いつからか、何かといえば、女のクセに！　これよ！女のクセに！　この前お休みもらって実家に帰った時、両親にぶちまけてやったんだ。子供の頃から積もり積もった不満を！　そしたら両親とも自分がそんな差別してたなんてつゆほどにも思っていなかったっていうの。差別は明らかなのに、そんなことといわれて私が泣き出すの見て驚いてみたりするのよ。泣かないで、泣かないでよー！　私、両親からおまえの複雑にねじまがってしまった性格は直しようがないっていわれたことは絶対に忘れたりしない。かわいそうよ、私。ひどいっ！　差別してる方は気づかないものなのよ。差別されてることに気づくのは損をしてるほうだけ。得をしてるほうは気づかないもんなんだよね。……ああ、思い出す！　ご飯の時とかだってそうだったでしょう？　弟は食べ終わったお皿とか一切台所に運ぶことなんてないのに何も言われないで、部屋で勉強してる私を、親はわざわざ呼び出して、『お姉ちゃんなんだから、洗い物くらい手伝いなさい!!』だって！　そのクセあれでしょ？　弟のヤツ、他人（ひと）の家におよばれになった時なんかは、進んで洗い物手伝ったりするでしょ？　する、する！　『ボクがやりますよ、これからの時代、男も台所に立たなきゃ！』だって。うまいことできてんだなあ。意外とね。でも、そういう時に限って私は気が利かなかったりして。ムカつくでしょー？　子供の頃から蔑まれ、大人になったら家を追い出され、気づいたらこうして他人様の召使い。メイドだよ。つらくなるから言わないで！　でも、メイドって響きがステキだからよかった。そうね、せめてもの救い。私たちみたいな不幸な女をみんな受け入れてくれる！　そう、それがメイドよね。無駄にリンゴとか買い付けて、どんだけむくんだよ！　リンゴの買い付けを始めたりして正気？　最近高くない？　リンゴ高いよ。毎週よ、毎週。これ、トラック何台分？　っていうリンゴが届くんだから！　10年前に家を出てったきりの奥さんのこと、待ってるんでしょ？　リンゴをむきながら？　そう！　暗えなあ、おい！　違う、奥さんじゃなくて彼女かな？　その辺忘れたけど、いや、でもその彼女の家がね、跡取りがいなくって。それでもずっとずっと待ってるんだって、リンゴをむきながら？　そう、これまた暗えなあ！　って、再び出会えるのをずっと待ってるんだって。リンゴをむきながら？　一体誰を待ってるのかしら？　誰も来ないかもしれないのに、待っているなんて！」

映像は消え、生身の三人が舞台上に残る。

シーン1・75

舞台の隅で、ひそひそと話しはじめるメイドと農民。

農　民　「裏切られてるんだ。友達に」
メイド　「でもタイモンさんは友達だと思ってるからいいんじゃない?!」
農　民　「俺は裏切ったりしないよ」
メイド　「サヨナラって言っているだけでしょう。裏切りとは限らないわよ。みんな同じで最悪なの！」
農　民　「最悪でしょう！」
メイド　「最悪は最悪よ！」
農　民　「最悪だよ、なんか閉じてく感じがするよ、……後悔したっぽい」
メイド　「何に?!」
農　民　「リンゴ農園の家系に生まれたことに」
メイド　「リンゴ農園の家系に生まれたことをどんなに後悔しても無駄だよ」

農民　「いやいや、いやいや、別に俺リンゴ作ってるだけで満足だもん！」
メイド　「幸せだね！」
農民　「幸せだよ！」
メイド　「私だってメイドで満足だもん」
農民　「幸せだね！」
メイド　「幸せよ。ありがとうございます。幸せだねなんて言ってくれて、本当にうれしい！感謝の気持ちを忘れてはだめよ。ありがとうございます。（深々と頭を下げる）」

シーン1・76

農民、ヘラヘラと笑っている。
メイド、笑う農民を見て、

メイド　「いつも笑ってるのね?!」
農　民　「あぁ、いつも笑顔でいるよう努力してるから。笑顔で、笑顔で」
農民、屋敷に飾ってあるリンゴを見て、手に取った。
農　民　「赤いね、いい色してる。うん！」

シーン1・77

屋敷の中。
中央にタイモンが立っている。

タイモン、農民が持っていたリンゴを奪い取って、

タイモン　「(悪い) 俺のリンゴに触るんじゃねぇ!!」

農民　「育てたのに!!」

タイモン　「(悪い) おまえのもんじゃないんだよ！　おまえはリンゴなんていらないんだろう。(超悪い) だから売ったんだろうがぁ!!!」

農民　「でも！」

タイモン　「(悪い) なんだよ、でも！」

農民　「いえ、出来心でした」

タイモン　「(普通) 出来心ですか……ついさっきまで大雨だったのに、暑いね。暑いのに二人ともクリスマスの格好をしてるなんて、おかしいですね」

メイド　「やって、やってられない！　暑くて、暑くて、やってられない」

農民　「暑い、暑いね」

メイド、農民、クリスマスの衣装を脱ぐ。
タイモンはスーツも脱いでしまって、チョッキと短パンになっている。

メイド
「毎日、毎日雨だったのに、こ今度は、今度は暑い、暑い。やってられない、異常、異常気象。無理、無理！」
農民とメイド、クリスマスの衣装をタイモンの部屋に脱ぎ捨てたまま部屋を出る。

シーン1・78

タイモン一人が残された部屋でスカイプ着信の音が響く。
タイモン、静かに机の前に座り、友達の哲学者と話し始める。
映像／スカイプでの哲学者とタイモンの会話。
（哲学者の声は、舞台にいる農民がアフレコする）

哲学者　「久しぶり。暑いね」
タイモン　「（普通）何の用?!」
哲学者　「ずいぶんと連絡くれなかったじゃない?!」
タイモン　「（普通）忙しくてね！」
哲学者　「もうどれくらいになる？　雨が降らなくなって、きっとこのまま地球は干涸びていくんだろうね。知ってる？　地球の裏側で一匹の蝶が羽ばたくと、数ヶ月後にこの町に雨を降らすという話。たった一匹の、その小さな羽ばたきが巡りめぐって、天候に変動を及ぼすっていう。ごくわずかな小さな変化が、ある重大な結果をもたらすって。今、おまえがそうしてそこでリンゴの皮をむいているのも、もしかしたら地球の裏側で一匹の蝶が羽ばたいたからかもしれない！」
タイモン　「（普通）おれはこうしてここでただむいているだけだよ。むきたいから。それ以外の原因も結果もないよ。リンゴをむくと、こうして皮と実にリンゴは分かれる。それ以上に重要なことは、ここにはないし」
哲学者　「でも、もしかしたら、こうしてここでむかなかったかもしれない」
タイモン　「（普通）かもしれない。こうしてここでむかなかったら、リンゴは皮と実に分かれることなく、ただ一つのリンゴのままだった。それだけのことだよ」

哲学者　「あれだな。物事ってのは最初から最後まで決まっちゃってるんだな。ただ、それがどういうふうに決まってるのかは、誰にもわからないんだな。例えどんなことが起ころうと、最初から決まっていたんだよ。って、言われたらそれまでだ！」

タイモン　「（普通）おれがここでリンゴの皮をむいたからって、地球の裏側で、雨が降るわけじゃない。どこかの誰かの人生が狂うわけじゃない。待っている人がやってくるわけでもない！」

哲学者　「確かにそうかもしれない。地球の裏側で羽ばたいた一匹の蝶の、そのすぐ側には、網を構えた少年が立っていたかもしれない。もしそうなら、そもそもの原因はその少年にあるということになるし、もっと遡れば、その少年がこの世に生まれたことが原因だといってしまってもかまわないし、そこからいくらだって遡れるんだな。でも人はそのことを想像しようとはしない。おまえがこうしてここでむく頃には、蝶の羽ばたきしか俺たちは想像することができないんだ。それがおまえにはわかっていたんだな。はじめから」

シーン1・79

廊下でメイドが皿か何かを落として、割れる。
舞台全体に割れた音が響き渡る。
壊れた音にいらだったタイモンは突然大きな声で叫ぶ。

タイモン　「(普通) 何やってんだよ‼」

これは、悪くもなく、良くもない、普通のタイモンが思わず苛立ちを口にしたものである。

メイド　「(呟くように) ありがとうございます」

気をとりなおし、タイモンは再びパソコンを見る。

タイモン

「（良い）はじめから、何かがやってくるのを待っていたわけじゃないんだ……。（パソコンから離れてやや歩きながら）ただ、待っていたんだよ、ここで。（普通）ここで待ちながらどんな話をおまえとしたんだ？　……あれ？　切れてる！」

哲学者とのスカイプは切れている。

シーン1・8

農民、突然タイモンの部屋に侵入して来る。

農民　「リンゴです」
タイモン　「(普通) また‼」
農民　「また！　ってなんですか⁈」
タイモン　「(普通) またリンゴかぁと思って！」
農民　「リンゴを何だと思っているんですか⁈」
タイモン　「(普通) なんだよ、下の方の奴が！　(悪い) おまえらみたいに下の方の奴が‼」
農民　「ごめんなさい、ごめんなさい！」

農民を押さえつけるタイモン。
ふと我にかえり、農民を踏みつけていた足をはずす。
農民何も言わず、ただ笑っている。

タイモン　「（普通）私達は友達だよ、君を助けてあげているんだよ。困った君をね」

農民は笑いながらその場を立ち去る。

シーン1・81

タイモン　「（普通）出会う前から友達だったかもしれないし、出会った後には友達でなかったのかもしれない。そもそも私達はまだ出会ってなかったのかもしれない。……暑いなぁ、暑いなぁ……（独り言を言うように）……肛門をですね、こうやって指先で、カッ！　と開くわけです。カッ！　とです。それでその奥にある小さな突起物を指先だけで探すんですね。あればオス。なければメス。たかがそれだけのことなんですけど、たかがそれだけっていってしまうとえらく簡単に聞こえてしまうようで、それは本意ではないんですけど。だって肛門っていっても相手はヒヨコですからね。想像してみてくださいよ。ヒヨコの肛門。ピヨピヨ。どんだけ小さいか。素人じゃ見つけることだってできないんだから。そんな肛門をですね、指先だけでカッ！　と開くんですよ。そりゃあ熟練した技術が必要でね。カッ！　と開いた上に、さらにその奥にある小さな小さな突起物を探そうっていうわけですから。指先だけでね。だいたい1匹につき2秒かからないくらいですかね。去年の大会では……あるんですよ。全日本鑑別競技会っていうのが。去年の優勝者は100匹選別するの、ついに3分の壁を越えましたからね。もちろんその正確さは100％。100％の確率でオスなのか、メスなのか、あるのか、ないのかを選別できるんです。すべてこの指先だけの感覚で。最近の若い人は知らない人多いですけどね、これ、日本人が開発した世界に誇る技術ですよ。外国人でもできる人はいますけどね、このスピードで、この正確さで、できるのは日本人だけ。この微妙な指先の感覚っていうのが、外国人には伝わらないんですよねえ。どうしたって伝わらない。言葉ではぜったいに伝わらない。これは理論とかではないですからね。感覚。あるか、ないか、それだけのことなんですけど。この前なんて、ウチの息子が聞くんですよ。お父さん！　そんなことができたからって、何の得になるの、って。ヒヨコがオスだろうとメスだろうと、そんなこと大きくなればわかるじゃん、って。トサカのあるのがオスだよ、って。もうがっかりですよ。こっちはこの技術を授けようと必死で教えてんのに。だってヒヨコは大きくなったら何になりますか？　ニワトリでしょ。オスのニワトリは鶏肉になるし、メスには卵を産んでもらわなきゃならない。飼育方法が全然違うんですから、オスとメスじゃ。エサだって、水だって違う。そしたらある程度大きくなってしまってからより、生まれたときからオスかメスかわかったほうがいいじゃないですか。それだけ早い段階から、それに適した飼育方法で育てられるわけなんだから、無駄がない。今じゃとても信じられないかもしれないけど、当時はこの技術さえ持っていたら、世界中どこへ行っても食べていけました。私もね、戦後まもなく海を渡りましたよ。私だけじゃない。当時はたくさんの人が一攫千金を夢見て海を渡った。大概向こうはね、95％の確率を求めてくるわけです。95％以上の確率で選別しなければ一銭だって払ってくれない。当時の外国のレベルじゃ95％でも相当高かったわけですけど、でもこっちには100％の技術がある。それを向こうは知らない。だってまさか肛門いじっただけで、百発百中で雌雄を当てられるなんて、外国人は夢にも思わない。私達はね、言われたとおり95％の確率で選別してやりましたよ。つまりわざと5％間違えるわけです。100匹渡されたらそのうちの5匹は見ないでそのまま流してしまう。だって95％以上であれば、96でも99でも、向こうが支払う金は一緒なんだから。だからきっかり95％で選別するんです。そしたら5％うきますよね？　95％の労力で100％の金をもらうことができる。この5％がどれだけ重要かってこと、わかってもらえますかねえ？　これも技術ですよ。……って、いうのは全部祖父の話ね。全部ってのは、そのヒヨコの肛門の話。祖父は根っからの商売人だったし、金儲けのこと以外は考えられない人だったけど、でも、悪い人じゃなかったなあ。まあ、いい人かって聞かれたら、孫の私でも、そうだなあ。すぐにはうなずけやしないけどね。まあ、一代でこれだけの財を築いた人ですから、ほんとにいい人だったらムリでしょう。でもヒヨコで稼いだ全財産をそっくり私に遺してくれたわけだから、感謝しないとね。もちろんヒヨコの雌雄選別の技術もちゃんと授けてくれたよ。でもね、いまさらヒヨコの肛門いじってもね。最近じゃあ、生み分けってのもできる時代だから。生まれる前に決めちゃうのね。オスか、メスか。でも、それ、100％ってわけじゃあないらしいんだよね。やっぱりどうしても紛れが出ちゃう。そりゃあ生き物相手のことだからね。生まれる前にあったはずのものが、生まれてきたらなくなっちゃったり。また、その逆。限りなく100％に近いんだけど、100ではない。そうだ！　とは断言できない。最新の科学をもってしても。でも、親父は100％の人でしたから。しかも手作業で。指先の感覚だけで。100。こっちだって生き物相手のことですよ」

シーン1・82

農民、タイモンの部屋に再びリンゴを持ってくる。

農　民　「リンゴです！」

タイモン、不機嫌。

農民に向けて罵るかのように、

タイモン　「（普通）リンゴは全部買いしめたよ!!」

農民はただ笑っている。

タイモンは自分の部屋に入り、ドアを閉めた。

シーン1・83

農民、タイモンの部屋の前で、暑い中汗をかきながら立ち話を始める。

農民　「昔、おじいさんから聞いた話をしましょうか？　空から子供達が降ってきた話を。……子供ってリンゴのことね。水は必ず高いところから低いところへ流れていくんだよ。空から子供達は、……子供ってリンゴのことね。降ってきやしないよとも思うかもしれませんが、昔話ですよ。雨の神様は子供が好きなんですって。（笑う）……子供ってリンゴのことね。昔は、雨乞いをするのに子供達を（大笑）……子供ってリンゴのことね。生け贄に捧げたって村がけっこうあったそうです。ある村では毎年のように子供達を生け贄に、だから子供ってリンゴのことなんだけどね。捧げ続けて、気が付いたらいつしか村に子供は（笑う）……子供ってリンゴのことなんだけど、一人もいなくなってしまったそうです。子供が、リンゴは子供のことなんだけど、一人もいなくなってしまったそうです。それでも雨は降らない。農作物は育たない。村人たちは飢えに苦しむ。そんなある日、一人の若者が空に向かって叫んだそうです。裏切り者！　私達は大切な子供達（悲痛な笑い、少し涙）……子供ってリンゴのことね。子供をちゃんと捧げているのに、子供ってリンゴのことなんだど（大笑）なぜ雨を降らせない！　この裏切り者！　そうしたら、突然、東の空が大きな音とともに割れて、それまで生け贄にされた子供達が、リンゴは子供のこと（笑）降ってきたそうなんです（と、リンゴを床に投げつける）。子供達は、リンゴはリンゴは子供のこと、みんな泣きながら落ちてきて、次から次に地面に叩き付けられて死んでいく。『やめてくれ！　助けてくれ！　子供達はなにも悪くないじゃないか!!』子供達の、だから子供ってリンゴのことなんですけど（笑、泣き）死体に囲まれて若者がそう叫ぶと、今度は西の空が割れて、そこから大きな手がニョキっと出てきた。その大きな手は、子供達が、子供ってリンゴのことなんだけど（泣き笑い）地面に叩き付けられる前に次に次にキャッチしていく。よかった！　助かったのか。もう子供達を、子供ってリンゴのことね。生け贄に捧げたりなんかしないよ！　……いや、子供達は、子供ってリンゴのことね（笑い泣き）地面に叩き付けられる代わりに、その大きな手のひらに叩き付けられて、やっぱり死んでいった。子供達は、リンゴのこと、そうリンゴのこと、子供達は死に、大人たちは飢えに苦しんだ末に死に、みんな死んでしまいましたとさ、っていう昔話ですよ。無駄だったんですね。その大きな手も落ちてくる子供達を、……あっ、子供って、リンゴのことね。(笑)リンゴを、子供を救ってやることはできなかった。それでもね。無駄だとわかっていても、やっぱり私はそうやって手を差し出そうと思うんです。無駄だとわかっていてもこうやって日々リンゴを創り続けるっていう昔話ですよ。行きませんか？　やっぱり待ちますか？　やっぱり、ここで、この部屋で待ちますか？　(ドアの反対側にある窓をみながら)雨が止んだのでそろそろリンゴ狩りに、仲間が待っているので、行きます。(笑いながら、泣きながら、そうしてまた笑いながら)」

タイモンの部屋のドアの前でノックするのを後にして、その場を立ち去る農民。
農民の顔から笑顔は消えている。

シーン1・84

農民、屋敷のすぐ側にあるリンゴ農園にいる。

農民1（メイド）、2（タイモン）、3、4（共に映像）とリンゴ狩りを始める。

映像／リンゴ狩りをする農民の姿。

農民達は今まで聞いたこともないようなイントネーションでしゃべり始める。なまり言葉で話す。

農民1　「あ、ファッションファーマーの柴田さん‼」
農民2　「関さん、汗かきすぎですよ！」
農民1　「暑くて頭がどうかしてるんです。ああ、クラクラしてきた！」
農民2　「でも、いいでしょ？　そのシャツ。これからはね、農民もダサくちゃだめだよ。よかったあ、お揃いで発注した甲斐があったなあ。みんな、よく似合ってますよ。でも小沢さんも、あんまり汗かかないでくださいよ。汚いから！」
農民1　「異常気象だからね」
農民2　「汗が流れるよ。いやだな。シャツが濡れる」
農　民　「しかし、ここの農園は環境がいいせいか、種類が豊富だな。フジでしょ、新世界に、陽光だってある。でもやっぱり人気はフジですね。サンフジですね」

農民1　「あらかたフジは出荷しましたけど。残りの品種はまだかなりありますが、こんなに一度に出荷できますかねえ⁈」
農民2　「もういいんじゃないですか⁈」
農　民　「なに言ってるんだよ！」
農民1　「今週中に全部出荷するって話でしょう⁈」
農民2　「どれだけが全部だなんて向こうは知りませんよ」
農民1　「そうかもしれませんけど、これはお互いの信頼があっての話ですから」
農民2　「信頼って何？　これが全部ですって言ったら、向こうも満足、こっちも満足！　それが信頼っていうものでしょう⁈」
農　民　「おまえ、ただでさえいい金もらって仕事させてもらってるっていうのに、裏切るつもりか⁈」
農民2　「裏切るだなんて。山本さんはいつも大げさなんだから。そんなことよりこの残ったリンゴを僕らで仕分けして、どこかよそで高く売りさばくっていうのはどうです⁈」
農民1　「それは完全な裏切りですよ」
農民2　「いくらになると思います？　これだけのリンゴ売りさばいたら？　うーんちょっ

と想像できませんね。私らみたいな貧乏には見たことないような桁になるんじゃないでしょうか?!」

農民1 「暑すぎて計算無理ですねえ。でも売るってどこに売るんです? 組合がいくら高い金で買ってくれるっていったって、たかが知れてますよ!」

農民2 「大丈夫ですよ。すでにそのルートは確保してありますから!」

農　民 「おまえ、最初からそのつもりだったのか? 悪いこと考えるなあ、ファッションファーマーは」

農民2 「この冬越せるだけのお金って言ったって、この冬越したらどうするんですか? こんな異常気象じゃあ来年にはもうリンゴなんてとれないかもしれない。だったら、いまのうちにこのリンゴを売りさばいてしまう。そうしたら、この冬どころか、一生だって越せるんですよ‼」

農民1 「一生かあ! もう働かなくていいのかあ‼」

農民2 「それには今しかチャンスはないんだ。わかりますよね?!」

農　民 「そんなことできるか‼」

農民2 「無理には誘いませんよ。貧乏なリンゴ農園暮らしを一生続けてればいいじゃないですか! このリンゴ全部売ることができたら、もう一生、天気のことで気をもむ必要もないんだよ！」

農民1　「確かに。こんなふうに暑い日が続いたり、雨の日が続いたり。こんなんじゃあ、どちらにしたって近い将来にはリンゴ栽培なんてきっとできなくなるんだ！　いまさらみかんに乗り換えることもできないし」

農　民　「そんなこと許さない！　あの方を裏切ることになる。もしこれが組合にまわる品だったら、俺は喜んでおまえの悪知恵にのってやる。でも、このリンゴたちは違う。このリンゴたちはあの方のところに行く品だ！　あの方は俺たちリンゴ農園の苦しみを本当に親身になって考えてくれてる。つい先週オレはあの方と契約したんだ。ウチのリンゴを全部買い取ってもらうと。あの方は貧しいオレたちに手を差し伸べてくれたんだ。その手を、おまえは裏切りで跳ね返そうというのか!!」

農民2　「そうだよ。大金持ちになったら、それでいいじゃないか。恩も裏切りもないじゃないか！」

農　民　「俺は許さないぞ」

農民2　「やだな。貧乏根性。ダサイよ。だいたいそのあの方っていうのが裏切らない確証がどこにあるの？　いつかこの先裏切られるかもしれない。もしかしたらすでに裏切られてるかもしれないよ。まさかこれまでさんざん裏切られて苦労してきた山本さんがそんなこと言うなんて、僕にはダサすぎて何言ってんだかわからないですよ!!」

農　民　「俺たちはリンゴ農園をやっているんだよ、ファッションとは違うんだよ。狩る楽しさイコール生きてるって感じがするんだ！」

農民1　「そうだね。リンゴしか栽培したことないから他のフルーツのことは知らないから、みかんとか無理だしね！」

農　民　「どいつもこいつもそうやって人の恩を忘れるんだ。勝手なんだよ。おまえも組合の連中と一緒だ。いつもそこに普通にあるものだったリンゴのことも忘れて、いざなくなると、雪を待つ冬の花のように、何かこう、立ち止まって思い返したりするんだよ」

農民2　「そんな花知りませんよ。僕はリンゴが世の中にない今のことを言っているんですよ！」

農　民　「裏切りは許さない!!」

農民2　「でも金になるんだよ！」

農民1　「金かぁ！」

農　民　「恩を仇で返すことはできない！（殴る）」

農民2　「なにが恩だよ（殴る）」
農　民　「助けてくれたんだよ（殴る）！」
農民2　「知らないよ！（殴る）」
農　民　「裏切ったりしないんだよ（殴る）、裏切ったりしないんだよ！　絶対に裏切りは許さない！　裏切ったりしないんだよ!!」

農民1、2と殴り合う農民。
ややあって1、2はその場を去る。
たった一人になった農民は、初めて本当のことを話し始める。

シーン1・85

農民　「嘘つきだよ。皆と一緒に、金になったリンゴ……まぁ裏切ったんだよ、目の前には赤いリンゴと青い空だったよ、言い逃れ。出来心。デキゴコロだよ（少しニヤニヤとしている）！　ポップコーン!!」

シーン１・８６

「ポップコーン!!」と叫んだ声は、こだまとなり、農園に響き渡る。
そこに農民は幻のタイモンとメイドを見る。
農民にしか見えない２人の姿。

幻のタイモン・メイド　「ポップコーン!!」
幻のタイモン　「嘘はないな!!」

農民、幻のメイドとタイモンに向かって力一杯合い言葉を叫ぶ。

農　民　「ポップコーン‼」

幻のメイドとタイモン、タイモンを指差す。

幻のメイド　「嘘つき」
幻のタイモン　「嘘つき！」

農民、タイモンやメイドを見て、

農　民　「嘘はついてないよ！」

幻のタイモンとメイド、農民を平手打ちする。

幻のタイモン・メイド　「真実を言えよ！　ほら言ってみろよ！　答えを、答えを、探してあげるから」

農民はヘラヘラ笑っている。
どうやら、農民はリンゴの木の上にいるようだ。

農　民　「（ヘラヘラしながら）約束を破ったんだ。こうなったらあきらめちまったほうがいい。小さい頃の夢は空を飛ぶこと。……飛ぶことはできないです!!」

幻のタイモン　「できるわけないだろう、おまえらみたいな下の方の奴が、何かできるとでも思ってんのかよ!!」

農民はその場にうずくまる。
幻のメイドも一緒に。

幻のメイド　「そうよ、私のように下の方の人間にできるわけがない！」

農民、幻のメイドを見て、

農　民　「そうだよね！」
幻のメイド　「下の方の人間だもの！」

農民、うずくまる手のなかにリンゴがあることに気がつき、その瞬間、考えてもいなかった言葉が心の奥底から出てくる。

農　民　「だ、誰かが、い、生きたかった、あ、明日が」
幻のメイド　「あ、明日が」
農　民　「ぼ、僕のあ、明日、か、かもしれないから！」

幻のメイド半分消えかけになりながら、

幻のメイド　「な、ないから！」
農　民　「い、生きる。い生きる‼（飛ぶような形で手を広げ）あ――――！！！！（叫びながら木から飛び降りる動き）」

農民が着地した瞬間から、舞台は農園から屋敷になる。
幻のタイモンとメイドも消えている。
農民の片手にはリンゴが、ある。
農民、リンゴを見つめ――。

シーン1・87

リンゴ農園での出来事は何もなかったかのように、タイモンの部屋に向かい、いつものように、いつもの場所にリンゴを置く農民。

農民　「リンゴです！」

タイモンの部屋を出てゆく農民。
掃除を続けるメイド。
屋敷では、クリスマスを祝う準備が進められている。

シーン1・88

タイモン

「(普通)(机の上のリンゴを見て)こう暑いとリンゴも腐るんじゃない?(はりきって)リンゴは腐ったリンゴでお願いします! ……何だよそれ? 腐ってるといいんだよ、そうすると腐ってるお陰で金貨をどっさりもらえる。腐ったリンゴのおかげ。おーい、リンゴとナイフまだ? (手をたたいて)おーい(もともとあったリンゴにふと気がついて)あれ、そうか。持ってきてたんだ。なんで忘れるんだ? どこに置いたのかも、どこにあるのかも、何で忘れるんだろう？　こんな近くにあるのに忘れるんだ（リンゴを一度持って歩く）。何だよ、もしかして、ユリさんが来ないのは金を渡してないからかぁ？　金かぁ、人は金で動くんだよなぁ、リンゴが金になったら面白いだろう！　同じ価値だよ、リンゴと金がね。待ってよ、お金がすべてじゃないんだよ。悪いタイモンは知らないの？　腐ったリンゴの話！　じゃ、かいつまんで話すよ。（ダンスをしながらで白雪姫の話を進める）リンゴの袋を持って店に入り、うっかりしていて、リンゴの袋を暖炉のそばに置いて店中に焼けたリンゴの匂いが広がりました。側にいた大金持ちの男が「気の毒に。リンゴを損しましたね」「いやあ、いいんだ、いいんだ！」笑って、大金持ちに馬が痛んだリンゴに変わった取り替えっこの話を聞かせました。「それは、奥さんに怒られますよ！」「いやあ、うちのかみさんはおれにキスするよ！」「まさか！　ほんとにキスしたら、ぼくはあなたに樽いっぱいの金貨をあげますよ」大金持ちの男は、そう約束しました。「馬はね、まず牝牛と取り替えたよ！」「へえ、そりゃお父さん、牛乳がとれてありがたいねえ」「だがな、牝牛を羊に取り替えたのさ！」「ますますいいね！　セーターが編めるよ！」「けど、羊をガチョウと取り替えた！」「ガチョウはお祭りに食べられるよ。おいしそうだね」「でも、ガチョウは雌鶏と替えちまった!!」「ああ、運がいい。タマゴを毎日食べられるなんて！」「その雌鶏を痛んだリンゴと取り替えて、ほれ、戻って来たところだ！」「わあ、幸せだ。だってさ、お父さん、聞いとくれよ。あたしはさっきネギを貸してもらいにお向かいに行ったんだよ。そしたら奥さんが、『うちには痛んだリンゴ一つありません！』って断ったのさ。でも、どう？今のあたしはその痛んだリンゴを持っている。アハハハ、愉快だねえ。こんないい気分は初めてだ。やっぱり、お父さんのすることに間違いはないねえ」奥さんはそう言うと、うれしそうにお父さんのほっぺたにキスをしました。それを見た大金持ちの男は、「素晴らしい！　なんて幸せな夫婦なんだ‼」そう言って約束どおり樽いっぱいの金貨をプレゼントしました。だからいいんだ、腐ったっていいんだ。（ダンス／白雪姫の話終了）……おまえ、何言ってんの？　腐ったリンゴが一つあると、それはそのリンゴだけが腐るんだよ。一つ腐ったリンゴがあるからって、みんな腐るわけないだろう。それは全部腐ってないから奥さんが許してくれたんだよ。一つリンゴが焼けただけだよ。それに最後にそいつら金もらってるでしょう、ほらみろ、すべてなんだよ。金があればいいんだよ。いいか？　逆を考えてみろよ。1人ハッピーになったからって同時に誰もが幸せになんてならないだろう？　みんなの願いが同時に叶うとでも思っているのか？　思っているよ。叶わないでしょう！　それが叶うのはクリスマスだけだよ！そう祖父は言ったんだ。いくらクリスマスでもみんなの願いが同時に叶うことなんてないのに、クリスマスにはみんなの願いが叶うよって（クリスマスの衣装を持って）祖父は、言ったんだよ‼（泣く）（悪い）うるさいよ！　メソメソ泣きやがって！（普通）しかし、暑いなぁ……暑い国でクリスマスを祝うのと寒い国でクリスマスを祝うのはどっちが盛り上がる？　いや、どう考えても寒い国だろうなあ？　サンタクロースの厚着ぶりと、毛に覆われたトナカイ……無理だよ。暑い国ではありえない、あの服装……世界共通なのだからさぞかし暑いだろうなぁ、しかし暑いなぁ……そうだ、クーラーかければいいんだ。（手をたたく）エコじゃないよ（悪い／スーツを着ながら）うるさいなぁ、うるさいんだ！　ちょうどいい温度でいたいんだよ、別にクーラーかけすぎてるわけじゃないだろう（普通）寒いよ、冷房が効きすぎているよ、寒さにふるえるよ。（良い）夏に冷房が効きすぎていると感じる場所はスーパーマーケット、電車・地下鉄、デパート・百貨店、コンビニエンスストア、カフェ・レストラン、映画館・劇場そうして（悪い）俺の部屋！（普通）日本人の体温は、平均36・89℃とされており、1日のうちの体温変化は、ほぼ1℃以内におさまるのが普通だからね。人の体温は、約37℃、ちょうどいい感じが37℃。37℃に保たれているのですがそれはなぜでしょう？（悪い）知らないよ！（普通）それと冷房とどんな関係があるのんだよね（良い）冷やしすぎはよくないんだよね。（普通）体温はなぜ37℃なのか？　じつは、その理由はハッキリとはわかっていません。（悪い）おまえ知らないのに質問したの？（普通）しかし、理由を推測することはできるよ化学反応だよ、化学で反応するから人の体温は37℃に保てるんだよ。（悪い）言ってる意味がわからないよ、なんだよ？　化学反応？（良い）化学反応は一般に、温度が高いほど活発になるから、暑いってことはいいことなんだね。（普通）体温は高いほどいいかというと、それはないよ。温度が42℃を超えると、体内の酵素系の障害が起こり始めるので、これを超える高い温度は好ましくないのです。つまり最適な体温は、できるだけ高いほうがいいけど命がおびやかされる42℃のレベルからは充分に離れていることが求められるから約37℃という体温がいいし、少々の発熱では42℃に届かないという条件で、充分に高い。つまり、ちょうどいい温度と言えるのです。では体温がどれくらい下がるまで生命が持ちこたえられるかというと、その限界は37℃からは大きく離れていて、大体20℃近くで心臓の動きが阻害され、生命がおびやかされるからね。（悪い）なにが言いたいんだよ、おまえは！（普通）人と鳥はほとんど体温が変化しないってことだよ。（悪い）おまえ、本当にいつもなにが言いたいんだよ。（良い）暑すぎるのも、寒すぎるのもよくないってことだよ。（悪い）どうでもいいんだよ!! 外の人はどうだか知らないけど、暑いのがもう嫌なの！ おまえ、暑くていいのか？ （普通）…………（悪い）なんで無言なんだよ……クーラーかけよ。あぁ、涼しくなった（良い）外は暑いのに？ （悪い）知らないよ！ 他の奴を信じていれば涼しくなるのか？ 暑い、暑いよ。（タイモン机の上にあるリンゴを再び手にする／普通）外のことなんて知らないよ。でも、ここは、ここだけは涼しいから」

タイモン、涼しい部屋に座っている。
周りでは、メイドや農民達によってクリスマスの準備が進められていた。

タイモン「（普通）今日もクリスマスか！」
メイド「本当のクリスマスですよ、偽物じゃないですよ」

メイド達や農民達は忙しそうにクリスマスの準備を進めている。

タイモン「（普通）本当の！」

タイモンの部屋。タイモンはいつもの場所に座っている。
その姿を見て、クリスマスの飾り付けにやってきていたメイドが口を開く。

シーン1・89

メイド 「今日もこうして待ちわびて。誰も来ない。昨日もこうして待ちわびて。明日もきっと待ちわびて。……誰も来ないですね」

タイモン 「(普通)誰も来ないですね。あれ? 最近リンゴを持ってこなくなりましたね?!」

メイド 「ええ。話によるとリンゴ農園の人がタイモンカンパニーを裏切ったらしいですよ!」

タイモン 「(普通)そうですか!」

メイド「横領の罪で会社に訴えられて刑務所ですよ」
タイモン「（普通）そうですか、あの人、牢屋の中ですか」
メイド「中の方に入って、もう出て来れないんじゃないかな?!」
タイモン「（普通）大丈夫ですよ、きっと私と同じで待っていると思いますよ」
メイド「ただ待つなんて、そういう時代じゃないのに（重く、深く、息を吐く）ふーふー（息を吐く）ハァーハァー（息を吐く、何度もため息）ねぇ、息吐き続けるのって、わりと疲れるね！」
タイモン「（普通）本当、わりと体力使うねぇ！」
メイド「待ちわびて、待ちわびて、目が覚めるといつも夜だね！」
タイモン「（悪い）真っ昼間だよ」
メイド「まぁタイモンさんには関係ないか、ここにしかいないんだから！」
タイモン「（普通）昼より夜のほうがいいようにも思います！」
メイド「そうですか」
タイモン「（普通）ちょっとお聞きしたいことがあるんですけど、夜より昼の方がいい?!」
メイド「昼より夜の方がいい」
タイモン「（普通）なぜですか?!」

メイド　「寝てますから！」
タイモン　「（普通）寝て待っているんですか?!」
メイド　「私は誰も待っていませんから」
タイモン　「（普通）誰も待ってないんですか？（驚く）！」
メイド　「ええ、誰も待ってないんです（冷静に）」
タイモン　「（普通）君は、タイプRユーロではなくて、タイプRなんですね。輸入車だけど日本車みたいなタイプRなんですね。いいことです！　タイプRユーロなんてF1サーキットでも走らない限り有効ではない走行性ばかり優れていて売れはしないからね」
メイド　「売れないから作らない！」
タイモン　「（普通）誰も欲しがらないものは、ちょっと！」
メイド　「挑戦がないんですね、タイモンさんはいつも待ってばかりで。ここで、こうして、この部屋で、待っているだけなんて！」
タイモン　「（普通）ユリさんが幸せなら待っていればいいって思っています。（悪い）馬鹿だよ、無駄なんだよ！（良い）もうずいぶん前にユリさんは煙のように消えてしまったんだ。（悪い）知らない男と一緒に消えたんだよ。娼婦だからね。お金さえくれれば、誰とでも、どこへだって行くんだから（良い）そんなことないよ（悪い）いつまでも待っていたって虚しいだけだろう？　えー（良い）もう来ないでしょうか？（悪い）ここにもそこにも来ないんだよ。（普通）それでも待っていたいんですよ。（良い）ユリさんはもうすっかり何もかも忘れてしまったのかな？（悪い）忘れてるよ。（良い）もう一度会えるだけでそれだけでよかったんだけど、待ちすぎたのか？　心配になるよ！」

メイド　「なんで心配なんてするんですか?!」

タイモン　「（普通）幸せになれるのか?!」

メイド　「幸せじゃないですか、大丈夫ですよ。私だって見た目ほど不幸ではないから、たぶんタイモンさんのほうが不幸ですよ。ありがとうございます！」

タイモン　「（悪い）おまえより不幸な訳ないだろう！　この召使いがぁ!!」

メイド、突然目の前にある机や家具を壊しながら、掃除や飾り付けをしている自分に満足できなくなった様子。

メイド　「あ会いたい！　と思っても、もう会うことはできないんだから、気づかないふりして忘れて下さいよ。一日一日薄れて、わ忘れていくんですよ。わかりますか？

い痛みも、か悲しみも、に憎しみも、あんな感じで、そんな感じで、（ふと我に返り）こんなんだったかな？　どんなんだったかな？　なんて、なんて、わ、忘れていくから、忘れていくこと、これ、だ、大事ですよ」

壊れた家具を見ながらタイモン。

タイモン　「（普通）そうかあ？　じゃ、何があればあなたは幸せになれるのですか?!」

壊れた家具を掃除しながらメイド。

メイド　「感謝の気持ちを持っていればなんでも幸せですよ！」

タイモン　「（悪い）本当か?!」

メイド　「ありがとうございます！」

壊れた家具はなんの意味も持たないようにゴミ箱にすべてを捨てるメイド。しかし、もう一度飾りつけはしたくないらしく、クリスマスの飾りも捨てる。

机の上にあるリンゴを見てメイド、タイモンに聞く。

メイド　「最近派手にリンゴを買い付けてますけど、狙いはなんですか?!」

タイモン　「(普通) 慈善だよ。ボランティアだよ。(悪い) おまえみたいな社会とは無縁の下のほうの人間には関係のないことだろうけど。(普通) 知り合いのリンゴ農家から頼まれたんだ。リンゴが売れなくて困るって」

メイド　「それでリンゴを？　それでそのリンゴは？　外国にでも売りさばくの?!」

タイモン　「(普通) いま、むこうとしている！」

メイド　「目的は何?!」

タイモン　「(普通) だから慈善だって」

メイド　「慈善って、ありがとうございますってことですよ。すごいですね。私なんて、人に感謝したいと本気で思っているか？　と言われればそんなこともありませんよ。ありがとう！　なんて大して思ってなくても、ありがとうございますって口癖で言うんですよ」

タイモン、机の上にあるリンゴを手にとり。

タイモン　「（普通）見てよ。リンゴが金になったんだよ（悪い）おもしれぇだろう！（普通）物をアレコレ手に入れて、死ぬ時に実は生きてなかったんじゃないかって気がつくとになるよって。……これは祖父の話なんだけど！」

メイドが青いモップを持って、タイモンを見ている。
その青いモップに恐れを抱くタイモン。

メイド　「あ、明日食べるお金もないという、け、経験はないでしょう、た、タイモンさんにあるわけないじゃない。（メイド震える自分の右手を見て）右手が動かないんです。もうモップも持てないんです！　こんな不幸が私に襲うなんて誰が予想できたでしょうか？　これは、挑戦なんですよ、私の、もう右手が動かないってことが、どうにかしてくれるんですか、この挑戦を」

タイモン　「（良い）リンゴを育てるんだよ、心配いらないよ」

メイド　「でもリンゴ育てるなんてできないですよ、まぁ、リンゴ売りならできそうですけど、育てるのは無理です！」

タイモン

「（良い）そうか、じゃ、リンゴ農家の人達を刑務所から出して育ててもらおう。そうして世界中でメイドのところからしかリンゴは買えなくするんだよ。リンゴを売ればいいのだから。（悪い）おまえ馬鹿か？　リンゴがようやく金になったのに。（良い）いいんだよ、知らない間に色褪せるんでしょう。なにもかも忘れていくんでしょう。そうしたいと思います。（普通）私はこの街に訪れる冬の寒さも、夏の暑さも、貧しさをも知らないから、何も得られないのかもしれないよ。（悪い）馬鹿だからなぁ（良い）今度は待つんじゃなくて、忘れていくようにするよ。（悪い）良いタイモンはいつまでも良いタイモンなんだよ、本当に望まないかぁ？（普通）ええ、望みません、祈りもしません、（良い）ただもう一度会いたかっただけなんだ。（悪い）おまえらは本当にいつまでも！（普通）良いタイモンも悪いタイモンも黙って下さい。私はもう忘れることにします。（悪い）そうだよ！　会ってもくれないのになぁ。（普通）私はユリさんがどこに行ったのか知らない。でも、たぶん、会えないってことだけはわかりますよ。（悪い）会えないんだよ。（良い）どんなに待っても会えないんですかぁ？（普通）いや、あきらめないことにしたんだ。私はいつも最後の最後ですっと引いて後悔することが多いですから、あきらめないことにしたんです。そう伝えてもらってもいいですか？」

良いタイモンと悪いタイモンに聞く普通のタイモン。
それに答えるメイド。

メイド　「誰にですか?!」
タイモン　「(普通) そうだなぁ、皆に。あ、離ればなれになることは不自然なことじゃないともね!」

メイド、お金になったリンゴを手にして満足そうに。

メイド　「じゃ、リンゴ売りに行きます!」

メイド、リンゴを持ってタイモンの部屋を出る。
タイモンは一人部屋に残り、ただぼーっと椅子に座っている。
タイモンの部屋は誰もいなくなり、そこは小さな洞穴のように見える。

タイモン

「じゃ、リンゴ売りやってね」

メイドの姿はなく、一人言をつぶやくタイモン。

シーン1・9

メイド、リンゴの箱を震える右手で持っている。
刑務所から出て来た農民が、メイドからリンゴの箱を奪う。

農　民「僕が持ち、持ちますよ」
メイド「いえ、いえ私が、私が持ち、持ちますよ（農民から箱を取り返す）」
農　民「いや、いや僕が、僕が育てたから」
メイド「いや、いや、私が売ったんだから」

メイドと農民は箱の取り合いになり、結果としてリンゴが舞台全体にちらばる。

しかし、手にはリンゴを一つ握りしめているだろう。

メイド「私には、私には言え、言えなかったんです！」

農民「何、なにを?!」

メイド「だって、ほら、ほら言わない約束だから、そう、約束は、約束は守らないと、約束、約束したんだから嘘にはならないのよ（手に持っているリンゴを見て）」

農民「じゃ、じゃ、いいと、いいと思うよ！」

メイド「まさか、毒、毒、リンゴを食べて」

農民「みんな知ってる話、話だよ」

メイド「ユリさんが死んだってこと知ってる、知ってるの?!」

農民「それで、それで、リンゴを買いしめたって、有名、有名なお話、お話だよね！」

メイド「もう会えない、会えないのに、リンゴを、リンゴを買いしめるなんて!!」

農民「関係ないよ、アレもコレも手に入れて、不安定な未来を確実なものにしようよ!!」

メイド「確実にできるの?!」

農民「あぁ、僕が、僕が、リンゴを育てて、君がリンゴ、リンゴを売ればね！」

メイド「私はリンゴ、リンゴ売りよ！（農民が持つリンゴを奪い）今日から、今日から、リンゴ売り。窓の、窓の外にはリンゴ売りよ‼」
農　民　「右手、右手、震え、震えてないね！」
メイド　「そう、もう震えは止まったのよ」
農　民　「いつか、きっと、きっとリンゴもお金、お金じゃなくなるその時まで」
メイド　「その時は、また、またメイドに戻れ、戻ればいいかな」
農　民　「そうだね、ただの、ただのリンゴ農園の人に、人に戻ればいいんだね、あれ、あれ？あれ？　あれ？　どっちにしても、どのみちリンゴ、リンゴ農園の人だよ（笑顔）」
メイド　「幸せ、幸せだね！」
農　民　「幸せ、幸せだよ、幸せだね！」
メイド　「ありがとう、ありがとうございます。とっても幸せよ、幸せなんて言ってくれてありが、ありがとうございます！」
農　民　「ハハハ（サンタクロースのように笑っている）、ハハハハハ」
メイド　「いつも、いつも、笑って、笑ってるんですね！」
農　民　「笑顔で、笑顔でいるのが、いい、いいって！」

クリスマスソングを2人で元気に歌う。

シーン1・95

タイモン、自分の部屋でサンタクロースの格好をしている。
その部屋は電気もつかず穴蔵の中にいるようにも見える。
タイモン、その暗がりの中でゆっくりとセンタースポットに入る。

タイモン　「（普通）私はね……クリスマスが誕生日なんです。それが幼い頃からとても嫌でした。奇妙な明るさのなかで祝う誕生日はとてつもなく嘘のような気がして、クリスマスに私は産まれて〝ない〟のかもしれないという気分にさせられる奇妙な明るさ。その時の身体は異様に固くなって（身体を固くする）、少し丸くなる。自分がどれだけ残念な身体をしているのかはよくわかっていたんです。残念な右手、左足、肩、背中、身体。あれは自己投影か、自分の身体ではないか？　と祖父の身体を見て思ったんです。周りはやたら祝っているのに、行き着く先の老後の身体がそこにあって、まちがいなく寸分も変わらない私の身体がすぐそこにあったのです。何をしようと、どんなに走りまわろうと、行き着く先はそこにある。ある夜長く黙りこくっていたら身体から声が漏れたのです。いつか見てろよ！　私は何事かと思い自分の身体に感覚を集めました。するとその背筋は、右手筋は、左足筋、肩筋は、身体は、いつしか長い、長い雪道になって、男が一人、トナカイと一緒に走っていたんです。走っていた男がこっちを向いて言ったんです。『いつかみてろよ!!』……そう呟いた。私ではなく、その男が向こう側で、『いつかみてろよ!!』とその男ではなく、私が祖父に呟いていた。その日から私の誕生日は祝わずにクリスマスだけを祝うようになった祖父を見て私は気が楽になったんです。再び右手の左足の肩の背中の、身体の一本道に（身体をみせる）感覚を走らせると、『いつかみてろよ!!』と言った男の人影は遠くに走っていて、それはいつまでも遠く、どこまでも遠く、消えることのない走りだった。記憶の中では一人前のサンタクロースになっていたのに、考えてみればまだ17歳のままなのか、もう誰も、ここにはいないのに。（サンタの衣装をひっぱりながら／踊りながら）やめてくれ！　追いかけてくるなよ。クリスマスが怖いんだ。やめてくれ、俺を追いかけるのはやめてくれよ！　クリスマスなんて、あぁやめて！　こうやって着てるからいけないんだ。脱げばいいよ。なんだよ（サンタクロースの衣装を脱ぎながら）怖くなんてないよ！（サンタ衣装を何度も踏みつける）こんなただの赤い服、サンタクロースなんて怖くなんてないよ！　クリスマスなんて怖くないんだよ！　怖いと思うからいけないんだ！　怖くなんてないんだよ‼」

クリスマスの衣装をクローゼットの奥のほうに押し込むタイモン。

机上の携帯電話を見るタイモン。

シーン1・96

屋敷ではなにも変化していないように農民がリンゴを持ってくる。

農民　「リンゴです。（トナカイの鼻赤くてよかったね！　と思うような楽しさで）」

シーン1・97

メイド、タイモンに携帯電話を渡す。
タイモン、メイドから携帯電話を受け取り、その携帯電話を手に持ち見ながら。

タイモン　「ユリさんは、まだ来ないのか?!」
メイド　「来ないですよ、クリスマスですから（楽しそうに）！」

シーン1・98

タイモン　「（普通）やっぱり行こう。うん、そうだ。ただ待ってるだけっていうのがよくないんだ。そうだ。……行こうかな？　いやいや、それで行き違いになったら大変じゃないか。待っていよう。ここで、この場所で待っていよう。あきらめないぞ、あきらめない。そうだ、待つことにしよう。きっといつか来てくれる。ここで待ってさえいれば！」

タイモン

タイモン、手に持っていた携帯に向かって、電話の相手の誰かに大きな声で叫んでいる。

「待ってるよ……あれ？……（電話は切れている様子）！」

シーン1・99

タイモン、机の上にあるリンゴを見ている。

タイモン

「ねぇ、ナイフまだなの？　リンゴの皮さえむけていれば、リンゴの皮さえ……（クリスマスソングをその場で歌い続ける）♪暗い夜道は／ピカピカの／おまえの鼻が役に立つのさ／いつも泣いてたトナカイさんは／今宵こそはと／喜びました／喜びました／！」

歌いながらタイモンは、自分の小さな部屋に籠る。

(机の下にゆっくりと入る。そこはまるでどこまでも続くトンネルのようになっていて、タイモンの部屋になっている)

シーン20

歌い続けていたタイモンの声も聞こえなくなった。

舞台上には誰もいない。

セットは舞台奥にかためられ、一見なにもなく地下に続くドアがあるのみで、ドアが閉まる。

ゆっくりと照明が消えて行く。

暗転。

完

あとがき

前向きに考える。それは、今の日本人にとってとても大切なことのように思います。私たちは多くのものを失いました。失うことによって、明日が必ずしも明日ではないということをしりました。永遠にやってこない夜と、永遠に明けることのない夜を私たちは同時に体験しています。それは一見、絶望的にも思える状況ですが、それは私たちが気付いていなかっただけで、もしくは気付いていると錯覚していただけで、それ以前もずっとそうでした。いま私たちに必要なのは、生きるということと、死ぬということが、そうした状況のなかで繰り返されているのだということを本当の意味でよく理解することでしょう。そのためにはどうすればよいか。どうすればその境界線を越えて、辿り着くべき場所に行くことができるのか。答えは実にシンプルです。前を向くこと。この作品はたった1秒の間におこった物語です。物語は大門《タイモン》が、いずれやってくるはずのユリという女性に電話で「待ってるよ」と告げたところから始まり、そう告げた後に終わります。その間、わずか1秒。タイモンの卑屈なまでの性格を前向きにし、不幸の淵から雄叫びをあげるかのような激しさと共に描いていきます。登場人物は3人。祖父の莫大な遺産を相続した資産家・タイモン、その彼に仕える不幸な生い立ちのメイド、そしてタイモンとの契約で大もうけしているリンゴ農家で働く農民。世界はいまタイモンによるリンゴの買いしめが原因で引き起こされたリンゴ不足、リンゴの市場高騰、また、その対策として国が推し進めたリンゴ農園開拓による自然破壊、それにともなう異常気象という状況にあります。ニュースは世界がこうした危機的状況にあるのは、すべてタイモンの責任だと日々騒ぎ立てますが、タイモンは素知らぬ顔でユリがやってくるのを家でひとりひたすら待ちつづける日々を送っています。リンゴ不足を嘆き、異常気象を憂う人々、騒ぎ立てるマスコミ、それを尻目に大もうけする農民の喜び、先の見えない世界、言うことをきかないメイドの苦悩、そしていつまでもやってこないユリ。善人、悪人、そして普通という3人の人格をもつ多重人格者でもあるタイモンは、そうした様々な状況をそれぞれの人格を瞬間ごとに入れ替えながら、それぞれの立場で語っていきます。たった1秒ですが、その間にすべてが変わってしまうこともあります。たった1秒ですべてを失うこともあります。1秒後の世界ですら、想像もつきませんが、1秒はそこにあり、1秒前とは違うのです。そんな当たり前のことを知ったタイモンは、悲劇的な結末をむかえることとなりますが、悲劇的だけではないのです。どんな絶望的な状況であれ、すべてをポジティブに押し返す力がそこにはあります。ちゃんと前を向く。そしてやがてその時はやってくるのだと、そこで待つ。「やがて」という日本語には「すぐに」という意味と、「いつかそのうちに」という意味があります。また古くは「同時に」という意味もあり、そうしたいくつかの時間を孕んでいる言葉です。「やがて」という言葉を「永遠にやってこない時間」と捉えるか、「いま、この時」と捉えるかは、私たちがどれだけ「前を向いているか！」によるでしょう。共通しているのはすべての登場人物が「前向き」であるということ。どんなに危機的状況のなかにあっても、すべてをポジティブに割り切ってしまうこと。極端にポジティブであることは、同時に極端にネガティブであるかもしれません。またはその逆でもあるでしょう。そうした思想から生まれる行動によって、彼らがどこに辿り着くのかは誰にもわかりません。物語はたった1秒～1秒の時間しかもっていませんから。けれども通常の演劇であれば2時間はゆうに越えるであろうセリフを3人の登場人物たちはすさまじい早口でまくしたて、激しい運動量で汗をかき、そして前向きな身体をもってして、わずか1時間足らずで演じてみせました。たった1秒後、世界はどう変わるのか、変わらないのか。それぞれに抱いた絶望的な状況の中で彼らがどのようにして、前を向こうとするのか。「ここで待ってるよ」タイモンがその電話を切った後、やってくるであろうその未来のための1秒～1秒をこの作品は描きます。たった1秒のなかに押し込まれた、膨大な情報量、言葉の数々、ある人物の人生、ある国の歴史、文化、人々のつながり、希望、絶望、喜怒哀楽。私はそのたった1秒のなかに、あらゆる言葉は生であり死であり、前を向いている身体であるということを見つけ出したいと思っています。

二〇一二年三月

矢内原美邦

上演記録

日程・会場＝　２０１１・９月１日〜９月４日＠こまばアゴラ劇場
２０１１・９月23日〜９月25日＠京都府立文化芸術会館

タイモン「良いタイモンも悪いタイモンも
黙って下さい。私はもう
忘れることにします。」

「オレが前向き！　タイモンです。」

出演＝鈴木将一朗

メイド「様々な憶測が飛び交っていますって、
えー悪いように言われてますけど！」

農民「それで、それで、リンゴを買いしめたって、
有名、有名なお話、お話だよね！」

出演＝笠木　泉

「私が前向き！　メイドです。」

タイモン「ポップコーン！
12月25日に生まれたよ！」

農民「リンゴを、子供を救ってやることは
できなかった」

「ボクが前向き！　農民です。」

出演＝山本圭祐

映像＝高橋啓祐

舞台美術＝細川浩伸（急な坂アトリエ）
舞台監督＝鈴木康郎・湯山千景
照明＝南香織・望月肇

チラシイラスト＝Jignasha Ojha
宣伝美術＝石田直久
宣伝美術写真＝中島古英
舞台写真＝佐藤暢隆
舞台映像撮影＝及川夕歌・堀野哲也

制作＝precog 中村茜・奥野将徳・山崎奈玲子、黄木多美子、河村美帆香
主催＝ミクニヤナイハラプロジェクト
提携＝（有）アゴラ企画 こまばアゴラ劇場／KYOTO EXPERIMENT
助成＝東京都芸術文化発信事業
協力＝急な坂スタジオ、エースエージェント、オフィス・ワン・ツゥ・スリー、オンビジュアル
スペシャルサンクス＝足立智充・矢沢誠・上村聡・高山玲子・守美樹・光瀬指絵・関寛之・柴田雄平・小澤雄志・NIWA・足立昌哉・宇井晴雄・稲毛礼子・三科喜代・たにぐちいくこ・酒井和哉

作・演出・振付＝矢内原美邦

装画＝jignasha Ojha
装幀＝石田直久（ライトパブリシティ）

著者略歴
矢内原美邦（やないはら・みくに）
一九七〇年、愛媛県生まれ。
大阪体育大学舞踊学科卒。
ニブロール／ミクニヤナイハラ
（主宰、劇作家、演出家、振付家）
ミクニヤナイハラプロジェクト主要作品
『3年2組』『青ノ鳥』『五人姉妹』『幸福オンザ道路』

前向き！タイモン

二〇一二年四月一五日 印刷
二〇一二年五月一〇日 発行

著者 © 矢内原美邦
発行者 及川直志
印刷所 株式会社 理想社
発行所 株式会社 白水社
東京都千代田区神田小川町三の二四
電話 営業部〇三（三二九一）七八一一
編集部〇三（三二九一）七八二一
振替 〇〇一九〇-五-三三二二八
郵便番号 一〇一-〇〇五二
http://www.hakusuisha.co.jp
乱丁・落丁本は、送料小社負担にてお取り替えいたします。

誠製本株式会社

ISBN978-4-560-08219-5

Printed in Japan